TRAMPANTOJO

ExLibric

JOSÉ MARÍA MARCO PÉREZ

TRAMPANTOJO

EXLIBRIC

ANTEQUERA 2025

JOSÉ MARÍA MARCO PÉREZ

TRAMPANTOJO

Agradecimientos

A María Pilar por su confianza, su sobriedad y su apoyo durante toda la vida.

A Pilar, María José y María por su amistad, sus aportaciones, sus reflexiones y su presencia invisible en la obra y muy real fuera de ella.

A Olga Muñoz por su confianza en mí y sus sabias correcciones y propuestas de mejora.

A mis profesoras Rosa Saura y Ana Muñoz, a las que tanto debo por iniciarme en el veneno adictivo de la escritura.

A todas las buenas personas que han confiado en mí y me han animado a seguir avanzando.

Dedicatoria

A las Minervas, Pepas, Dalilas, Constanzas, Marisas, Nicolases, Manolos, Cefes y demás profesionales que realizan su trabajo con abnegación y contribuyen a que el mundo sea un poco mejor.

Prólogo

Trampantojo es una obra de ficción. Todos los personajes que aparecen son ficticios y, en algunos casos, pueden resultar arquetípicos. Este hecho no impide que en ocasiones se puedan identificar rasgos de personas reales. Los hechos que ocurren en la novela también han sido ideados por el autor, si bien algunos de ellos se apoyan en situaciones que han formado parte de su larga vida profesional de casi cuatro décadas consagradas a la educación y se desarrollan en ambientes y espacios bien conocidos por él y, por tanto, identificables por otras personas.

Esta obra, además de divertir, quiere rendir un modesto homenaje a los centros educativos en los que el narrador ha prestado servicio, por lo que se pueden identificar espacios, descripciones, lugares y situaciones cotidianas de cada uno de ellos que ayudan a situar la acción.

Como se puede deducir de los agradecimientos, el autor siempre ha considerado que la aportación de las mujeres, en todos los ámbitos de la vida, es esencial y debe ser reconocida en todo momento y circunstancia. Su vida profesional ha quedado marcada por haber formado parte de excelentes equipos de mayoría femenina, lo que ha permitido trasladar a los personajes principales de la novela las cualidades que ha ido identificando en sus compañeras, como seriedad, rigor profesional, iniciativa, empatía, cordialidad, amabilidad, tesón, compromiso, respeto… Tantas y tantas cualidades cuya enumeración completa requeriría una enorme extensión de la que no dispone esta modesta publicación.

Por último, esta obra intenta transmitir el reconocimiento al trabajo agotador de muchos equipos directivos de centros educativos, que asumen de forma voluntaria una responsabilidad poco o nada reconocida, que entregan su conocimiento, su esfuerzo, su iniciativa, su interés por que todo funcione bien, su tiempo libre, su ilusión por mejorar la educación y tantas otras aportaciones inmateriales sin conseguir nada a cambio, salvo la satisfacción personal por el trabajo bien hecho, y esto no siempre ocurre. A cambio de una pequeña compensación económica, a todas luces irrisoria, deben cumplir complicadas obligaciones que les llevan a sumergirse en un marasmo burocrático, inútil en la mayoría de los casos, ejerciendo esos cargos sin el respaldo real de la administración educativa, siempre expuestos al barambán que genera un colectivo tan complejo como es la pomposamente denominada Comunidad Educativa.

MARTES

1

¡Es todo tan desagradable!

Vibra el móvil en medio de la sesión de yoga. Comisario. 10:28 h. Minerva sale sin llamar la atención, con la discreción que la caracteriza:

—Minerva, ya siento fastidiarte el día libre, pero ha surgido un trabajito.

—Jobar, ¿otra vez? Es la tercera en este mes.

—Sí, perdona, pero ya sabes que donde hay confianza… Hay un muerto en un instituto. Ya hemos mandado allí un zeta. Llévate a alguien.

—¡No fastidies! ¿En un instituto? Y ¿qué más sabemos?

—Que tiene mala pinta, parece algo chungo, pero ya me contarás cuando veas el asunto.

—¿Puedo llevarme a quien quiera?

—Sí, claro, llama a Pepa, que es a quien prefieres.

Minerva sale del gimnasio y, de camino al coche, llama a la subinspectora que le acompaña en los casos complicados:

—Pepa, no sé si has hablado con el jefe. Tenemos un temita entre manos.

—Ya te han jodido tu día libre. Te pasas de buena, tía. No, no sé nada, pero eso de llevar tres días tranquila ya me parecía un lujo. ¿Dónde vamos?

—Al Instituto de Educación Secundaria Emilio del Río Rabanedo. Parece que hay un difunto que nos espera.

—Hostia, ¿en un instituto? ¡Cómo está el mundo! Voy volando.

—Nos vemos en breves.

Minerva Arbués Guasa es la inspectora jefa del grupo de homicidios. Lleva varios años en la unidad demostrando una forma de trabajar rigurosa, con discreción, sin concesiones a la frivolidad. Es menuda, con un rostro amable, sonriente, una mirada analítica a través de unos ojos expresivos. Sus indomables rizos morenos le proporcionan un aire informal. Es de origen montañés, de donde dicen que proviene su autocontrol y su aparente frialdad al abordar los casos criminales en los que trabaja.

Pepa Setefilla Castelló es la subinspectora con la que Minerva tiene plena confianza. Está en sus cuarenta y tantos, como la inspectora. Su origen es andaluz, es enérgica, de sangre caliente, aficionada al *full-contact*. En ocasiones debe parar a respirar antes de sacar a pasear su genio. Es de complexión más robusta que Minerva, morena, de media melena lisa que suele llevar recogida en una coleta y su mirada revela cierta desconfianza ante la vida. Con la inspectora Arbués ha encontrado su contrapunto.

El lugar del supuesto crimen está en un barrio de población trabajadora, tranquilo, en un entorno natural privilegiado con un parque y la ribera de un río al lado. Es un barrio situado a las afueras de Augusta, una ciudad de provincias, ni mediana ni grande, ni rica ni pobre, que pasa desapercibida, sin que se hable de ella en medios nacionales o internacionales, salvo en caso de catástrofe, suceso o si toca la lotería de Navidad. Casi a la vez, a las 10:45 de esa soleada mañana de octubre, las dos policías llegan, cada una en su vehículo, al aparcamiento del instituto.

—¡Hola! —saluda Minerva—. A ver qué nos encontramos, pero seguro que nada bueno. Venía pensando que desde el ahorcado de hace dos semanas —menudo marrón— no había tenido movida. ¿Y tú?

—Yo sí, joder, tuve el que se tiró al tren el jueves.

—Mira, ahí está el zeta. A ver qué han hecho estos, si han asegurado bien el lugar y no han toqueteado nada. Me da que va a ser algo raro de narices.

—No tientes al diablo, que estamos a martes.

Tras identificarse en el telefonillo, atraviesan la verja de entrada y, en la rampa, antes de entrar por un muro cortina de cristal muy nuevo, cae un borrador de pizarra a los pies de Pepa. Se levanta una pequeña polvareda blanca, mientras se esconde una cabecita bajo una ventana del primer piso.

—Hay que joderse, ¡qué futuro nos espera! —exclama.

Sujeta la puerta de acceso al edificio una mujer seria, con gafas, con el pelo largo blanco en una coleta. Se identifica como la conserje y les pregunta si son policías. Ambas sacan sus placas. Pepa le entrega el borrador y le indica de qué ventana ha salido. La conserje lo recoge, con un gesto que sugiere lo habitual del hecho.

—Les voy a acompañar al despacho de la directora, que las está esperando.

—Qué raro —comenta la subinspectora— este olor a limpio, y todo ordenado en un lugar tan concurrido y con tanto adolescente.

—Sí, las compañeras de la limpieza trabajan muy bien, gracias a Dios. Y nosotras colaboramos todo lo que podemos.

No parece un instituto con cuarenta años. Las paredes son de color muy claro, renovadas hace poco. Están cubiertas de placas metálicas blancas para poder colocar afiches con facilidad, con un simple imán. Hay anuncios de mil asuntos: pisos o habitaciones que se alquilan, copisterías baratas, actividades juveniles organizadas por diversas entidades, compra y venta de libros usados, anuncios de academias y clases particulares, lo normal. Las jácenas están pintadas de colores vivos, lo que aporta cierta alegría al entorno.

En la puerta de la Dirección, devorada por la impaciencia, hay una mujer de cuarenta y pico años, como las policías, que no para ni un segundo, rebosa nerviosismo. Les increpa:

—¡Por fin han llegado! No se pueden imaginar lo que estamos pasando, con esto aquí.

—Tranquilícese. Hemos venido en cuanto nos han avisado. Y hace rato está aquí una patrulla al cargo del caso y los de la policía científica están en camino. Soy la inspectora Arbués y mi compañera, la subinspectora Setefilla. Cuéntenos lo que ocurre.

—Mejor vengan a verlo, que me faltan las palabras.

Salen del despacho y se dirigen a los aseos del profesorado, al final de un corredor, en la planta baja. Desde el pasillo, por una puerta común, se accede a una antesala. Dentro, varios metros más adelante, hay dos puertas, una para cada sexo. En el espacio que lleva a las dos puertas, de unos veinte metros cuadrados, hay un individuo, inequívocamente muerto. Los miembros de la patrulla que han llegado unos minutos antes indican que, desde que se han personado, no ha entrado nadie en el lugar de los hechos ni se ha tocado nada en la escena del crimen que pudiera ser de utilidad para la investigación. Han impedido el paso a unas cuantas personas, que se han quedado horrorizadas al ver el panorama.

—No estamos acostumbrados a estas situaciones —dice la directora.

—Casi nadie lo está —le replica la inspectora.

La directora les indica que se trata de un profesor del centro y que no habían advertido nada hasta media hora antes, en la que el docente no se presentó a su clase y, tras enviar al profesor de guardia para hacerse cargo de su grupo, por azar, al buscarlo por todas partes, lo encontraron allí.

Pepa comienza a tomar fotos de la escena, mientras Minerva va a hablar con el juzgado. Le indica a la directora que las espere en su despacho.

—Le ruego —dice la inspectora— que advierta a su personal de que no dejen pasar a nadie a esa zona mientras inspeccionan todos los detalles y llega el juez para efectuar el levantamiento del cadáver.

—Así lo haré ahora mismo.

En la escena del crimen huele a productos de limpieza utilizados esa mañana o la tarde anterior, guardados en un armario empotrado, en el que hay unas cuantas piedras de diverso tamaño. Observan que entre la puerta de acceso a ambos urinarios y las de acceso diferenciadas —mujeres a la derecha y hombres a la izquierda— se aprecia el cuerpo de un hombre de unos cincuenta años, alto, delgado, pelo abundante algo canoso, con las gafas rotas. La posición del cuerpo es en decúbito, medio prono medio lateral, estirado, sin flexión apenas de las extremidades, sin tensión, como si estuviera dormido. Tiene heridas y magulladuras, algunas de las cuales presentan un sangrado escaso que mancha el suelo en algunos puntos, sin que se aprecien otras manchas en las paredes del habitáculo. Alrededor del cuerpo y sobre él se pueden apreciar numerosas piedras de diversos tamaños, desde los cinco a los veinte centímetros de diámetro. Uno de los policías dice que ha contado cincuenta y siete piedras. Al lado de la puerta del urinario masculino, a la izquierda, hay una ventana con cristales traslúcidos, abierta, con rejas por fuera y plantas por dentro, que da al lado de la verja exterior del centro, en la zona que da al río, y más allá, al otro lado, se ve un bar. La pared del lado del urinario femenino, a la derecha, está alicatada en color *beige*. El suelo es de terrazo, aunque casi no se percibe con la presencia del cuerpo, las manchas de sangre y las piedras.

A la espera del levantamiento del cadáver, los policías uniformados vigilan la escena del crimen hasta la llegada del juez y los de la científica, una vez incorporados, siguen a lo suyo.

Las investigadoras se dirigen a hablar con la directora en su despacho. Es pequeño, de unos doce o catorce metros cuadrados, con una mesa de trabajo, con ordenador e impresora, frente a la puerta; una estantería alta en la misma pared de la entrada, dos amplios ventanales enfrente y un gran radiador. También hay una mesa redonda con varias sillas alrededor, tapizadas en tela marrón. Todo el mobiliario es blanco-Ikea. La pared de enfrente del asiento de la directora está ocupada por un tablón magnético, también blanco, de dimensiones adecuadas a la época analógica, sobredimensionado para la digital. La pared que guarda la espalda a la silla de Dirección está decorada con varias acuarelas pequeñas de monumentos de la ciudad, enmarcadas en negro-Ikea, y en la parte superior hay un aparato de aire acondicionado. En el techo, dos grandes plafones apagados.

—Debería presentarme. Les ruego disculpen mi impaciencia anterior. Me llamo Dalila Guerrero Valiente y soy la directora del instituto. Y es la primera y única vez que he tenido que bregar con algo así. Y espero que sea la última. Por favor, tomen asiento. ¿Les apetece un café?

—Con mucho gusto —responden al unísono.

Mientras acciona la cafetera de cápsulas, sus ojos muy claros denotan su inquietud, subrayada por el movimiento azaroso de sus manos. Su media melena ondulada, castaña, resalta el pálido de su piel, no solo debido al susto. Su aspecto es el habitual de una profesora de inglés, con un estilo desenfadado que disimula algún kilo de más.

—Como comprenderá —le dice Minerva—, aunque resulte desagradable, debemos pedirle información sobre el fallecido, sobre el centro y total discreción. Lo que no quita que tengamos que preguntarle a usted en otras ocasiones y hablar con otras personas que forman parte del instituto, profesores, alumnos, personal no docente, tal vez incluso a familiares de alumnos. Le pedimos su máxima colaboración.

—Por supuesto, entiendo que su trabajo es complicado. Por mi parte intentaré colaborar en todo lo que esté en mi mano. ¿Por dónde puedo empezar?

—Comience indicándonos lo que sepa del difunto —dice Pepa preparándose para tomar notas.

—Es, bueno, era un profesor del centro, de Sociales. Se llama Guillermo Fernández Rufián. Tiene, uy tenía, perdón, alrededor de cincuenta años. Lleva en el centro unos ocho cursos. Siempre ha destacado por su fuerte carácter y su capacidad para generar situaciones de conflicto. Creo que está casado y tiene alguna criatura. Si desean saber otras cuestiones como el cumplimiento de sus funciones, sus ausencias u otros aspectos del día a día, será mejor que hablen con la jefatura de estudios, quien está más al tanto de estas cuestiones.

—Está haciendo referencia —interviene Minerva— a aspectos como su fuerte carácter y su capacidad de generar conflictos. ¿Podría comentar con mayor detalle este aspecto?

—Sí, por supuesto. Era la típica persona que no saludaba por los pasillos o al entrar o salir, como aquí hacemos todos. Siempre que tenía ocasión acusaba de cualquier cosa a quien tuviera delante, o se ponía a gritar a cualquiera, sin pruebas, pero más si se trataba de alguien con responsabilidades en el centro o se le afeaba algo de su actitud. Y mucho más si era una mujer. Acusaba de falsificar documentos, de amañar votaciones, de cometer irregularidades de todo tipo, de persecución hacia su persona y podríamos seguir enumerando…

—Si necesitamos más ya le pediremos ampliación —la corta Setefilla—. ¿Hay algún sitio donde quede constancia de estas actitudes?

—Sí —responde Dalila—, se pueden encontrar referencias en numerosas actas de reuniones. Y hay muchos testimonios personales, lamentablemente no escritos. Pueden preguntar a jefatura de estudios.

—Y respecto al centro, ¿nos puede indicar sus características, alumnos, personal…?

—Sí, claro. Como han podido ver tenemos planta baja y dos niveles más en los dos edificios del centro. Tenemos algo más de mil alumnos, noventa y nueve profesores y doce PAS, entre administrativas, limpiadoras y conserjes.

En plena conversación llega la juez, lo que hace que se queden a solas la subinspectora y la directora. Arbués va a acompañar a su señoría, la juez Alcázar, hasta la antesala de los lavabos, para proceder al levantamiento del cadáver. Los de la policía científica están acabando el acopio de pruebas y muestras de la escena. Es justo el momento de uno de los recreos y tanto alumnos como profesores intentan husmear por donde pueden, pero pocos consiguen ver algo.

Pepa continúa preguntando:

—¿Tenía el difunto alguna enemistad que destacara sobre las demás, alguien que se hubiera enfrentado con violencia o que hubiera requerido de alguna intervención externa para su resolución?

—No soy conocedora de ello. Sé que a un director anterior intentó agredirlo en la calle, ante testigos, pero no tengo más información. También hay personas, en la actualidad, que se han quejado de intimidaciones y otras formas de hostilidad. Nos han contado su situación verbalmente, pero nadie ha querido dejar constancia por escrito. ¡Es todo tan desagradable!

2

Seguimos trabajando

Minerva acompaña a la juez hasta la salida tras el levantamiento del cadáver. Esta le recuerda que desea ser informada de los avances en la investigación que, aparentemente, no es compleja, pues la lapidación parece ser la causa de la muerte. La inspectora le asegura que la tendrá al tanto de todo, aunque duda que sea tan sencillo como parece. Y le manifiesta su interés por que la autopsia se realice cuanto antes, pues conoce la situación de escasez de personal en el Instituto de Medicina Legal. La juez, de forma ostensible, muestra su contrariedad, le indica que insistirá en pedir celeridad, si bien le comenta que ha oído que tiene buenos amigos entre los forenses y que tal vez consiga ella mejores resultados por esa vía.

Al volver Minerva al despacho de Dirección es abordada en el porche de la entrada del instituto por un individuo que se identifica como profesor del centro y amigo del fallecido. Su nombre es Benito Cabezudo:

—¿Es usted de la policía? Tengo que contarle algo muy importante.

—Sí, soy la inspectora Arbués y estoy al frente de la investigación. ¿Qué es eso tan importante?

—Guillermo indicó en la primera reunión de claustro con la actual directora que no se sentía seguro, que se consideraba amenazado por ella. Y ella ignoró la intervención, ni siquiera le respondió.

—Le agradezco su interés por colaborar. Tomo nota y ya le llamaremos a declarar si es necesario.

Vuelve al interior del instituto. Arbués se dirige a Dirección para ampliar la entrevista con la directora. Tras el nuevo saludo y la nueva oferta de café, que Minerva rechaza, toman asiento. La inspectora, sin preámbulos, comienza su interrogatorio:

—Como sabe, mi obligación es esclarecer los hechos y encontrar al culpable o culpables de un presunto homicidio, en caso de que lo sea.

—Lo entiendo. La mía es que el centro funcione con la máxima normalidad y colaborar con la investigación si es posible. En estos momentos, sigo consternada.

—Verá, señora Guerrero, he sabido que el señor Fernández había manifestado en público que se sentía amenazado por usted. ¿Tiene algo que comentar al respecto?

—No se puede hacer idea de lo horrible que ha sido la coexistencia con ese individuo. Es cierto que dijo en mi primer claustro como directora que se sentía amenazado por mí, sin dar ninguna razón. Cuando llegué a este centro, este ciudadano estaba en pleno conflicto con el equipo directivo del momento. Y siguió con el siguiente, hasta llegar a este último periodo.

—¿Usted le respondió a su inquietud de estar atemorizado?

—Pues verá, si tuviéramos que responder a todas las insensateces que se dicen, no tendría horas suficientes el día. Y como era tan descabellado, pensé que no merecía la pena.

—Pues ya ve. En ocasiones la vida da un giro inesperado y una cuestión que parecía absurda se vincula a una situación grave. Debería haberle respondido, relativizando el tema, en mi opinión, rebajando la tensión. Así tendría usted un apoyo para demostrar que no tenía malas intenciones. Pero ahora estamos en otra cosa. ¿Qué pasó con ese equipo directivo del que me ha hablado cuando usted se incorporó al centro?

—El equipo de entonces —aún quedan un par de miembros aquí— había comprobado y documentado varios incumplimientos profesionales, como faltas de asistencia, reiterados retrasos injustificados y cosas así. Pidieron testigos que avalasen algunos de esos incumplimientos y yo firmé uno de los documentos, pues había sido testigo de alguna situación de las indicadas. Esta denuncia se elevó a la Inspección educativa. Se abrió una investigación y en ese periodo, un día me esperó Fernández en la calle para amedrentarme. Me acorraló contra la persiana metálica de una tienda, a pocos metros del instituto, acusándome de mentir, de participar en un complot y no sé qué cosas más. Estaba fuera de sí, me insultaba y me hubiera pegado si no llega a ser por un compañero que lo separó. Si quiere preguntarle, el compañero sigue aquí en este centro. No sé cómo pudo saber que yo había firmado, habiendo enviado el documento a la Inspección educativa.

—¿No denunció esa agresión?

—No, pues pensé que se le sancionaría por su conducta incorrecta en el ámbito educativo. Y no tenía ganas de meterme en líos.

En mi modesta opinión —continúa la directora—, pues no soy psicóloga ni nada parecido, este individuo hablaba y actuaba como si fuese un dirigente planetario. Siempre se dirigía a los demás, no siempre de forma hostil, pero dando por supuesto que estaba en una posición superior, en posesión del poder, y los demás debían adaptarse a su forma de ser, de pensar y de actuar.

Yo creo, y esto no deja de ser una impresión personal, que siempre fantaseaba con un futuro en que él ostentaría la Dirección del centro y sometería a los demás a su capricho, imponiendo su pensamiento totalitario. Ya lo intentó y le salió mal. Y, claro, esta ambición le llevaba a un resentimiento permanente contra quien consideraba que estaba mejor valorado que él por la comunidad. De forma muy especial si esas personas, digamos superiores en responsabilidad, éramos mujeres.

—Está definiendo un comportamiento que ¿podríamos calificar de narcisista o machista?

—Es posible, pero ya le digo que no soy experta en esta materia. Quizás el orientador, como psicopedagogo, podría tener una visión más fundamentada que yo. Puede hablar con él.

—De momento no es necesario. Si lo fuera, no dude de que lo haremos. Yo creo que no fue una buena decisión la de no denunciar ese tipo de agresiones, pero en fin…

—¿Cómo acabó la investigación de la inspección educativa? —continúa la inspectora.

—El inspector del centro era partidario de seguir adelante, pero alguien le debió hablar al oído y le sugirieron que, si seguía adelante, Fernández sería sancionado con toda probabilidad y, con la fama que le precedía, quizás actuase de forma vengativa y colérica y se generase un problema mayor. Así, Fernández presentó sus alegaciones, tal vez inspirado por alguien, y desde el centro no se respondió a ellas, dejando pasar el tema y confiando en que se entendiese como gesto de buena voluntad.

—Parece una intervención, digamos, poco afortunada por parte de los denunciantes y poco profesional por quienes deben asegurarse de que se cumplan las normas.

—Sí, seguramente tendrán ustedes ocasión de conocer mejor cómo trabajan nuestros superiores. Poco después del episodio de la persiana metálica, el director del momento contó que fue agredido por Fernández en plena calle, en las fiestas de la ciudad, estando en compañía de familiares.

—¿Tampoco lo denunció?

—No tengo esa información.

—He visto que tienen cámaras de vigilancia en las instalaciones. ¿Graban imágenes o tienen finalidad disuasoria? Si graban, necesitaríamos ver las imágenes —interviene Arbués.

—Sí, tenemos cámaras, unas graban y otras no. Ya sabe, por la protección de datos y esas cosas. Si quiere saber más, tendrá que hablar con el secretario del centro, que es quien lleva esas cosas.

Las dos policías preguntan a la directora por algún lugar al aire libre donde puedan hablar sin ser interrumpidas ni escuchadas. Dalila les indica que podrían hacerlo en el porche de la entrada, que ya conocen, o en el patio de recreo, que está en la parte trasera y en esos momentos no hay ningún grupo en recreo o en educación física. O si quieren, les cede el despacho. Observan el patio, en el que se combinan media docena de aligustres de escaso porte, varias pistas deportivas que se entrecruzan, unas mesas de picnic y la pared trasera del edificio principal a modo de frontón lleno de ventanas. Deciden quedarse allí.

—Todo tiene una pinta muy rara, la escena del crimen, la actitud de la directora, todo, indica Setefilla.

—Jobar —responde Arbués—, lo de la escena es desconcertante. Parece una lapidación, pero en un espacio tan reducido es muy difícil hacer algo así, aun y todo si estuviera la ventana abierta. Y tan poca sangre por el suelo… aunque ha podido tener hemorragias internas. La autopsia nos dirá, pero no sé, no sé qué vamos a encontrar.

—Hostia, sí, y las piedras son de tamaño muy variado. Algunas casi no harían ni daño. Y había algunas en el armario de la limpieza. Y la actitud de la directora, ¿cómo la ves?

—Entiendo su nerviosismo si el tipo era tan tocapelotas, como dice. Y si se ha prolongado en el tiempo, pues peor. Pero creo que tiene que aclararnos bastantes cosas aún. Ese empeño de echar balones fuera, hacia jefatura, hacia el orientador, el secretario… no sé, no sé.

—Yo también encuentro un poco rara su forma de actuar —afirma Pepa.

—Pues deberíamos profundizar con ella, también con jefatura de estudios y el resto de los que ha nombrado, a ver si conocemos algo más relevante sobre lo que haya podido ocurrir. Y tenemos que conocer mejor al difunto, para lo que habría que hablar con su familia.

—También habría que preguntar a los posibles enemigos —propone Pepa—, a ver si encontramos algún móvil más fuerte que la simple forma de comportarse del difunto. Sería interesante conocer cómo lo veían otros compañeros y los propios alumnos.

—También tendremos que ver las grabaciones de las cámaras, si están activadas y se guardan las imágenes. Y leer las actas y otros documentos que nos puedan dar más pistas o aclarar algunos aspectos —repasa Minerva—. Otras actuaciones ya nos irán saliendo.

—Te veo muy ubicada, inspectora. Vas a revivir tu época dedicada a la docencia, y así recuerdas esas cosas de claustros y todo ese rollo —Sonríe de forma irónica—. Ya irás repartiendo la faena. Si puede ser, evítame los documentos, actas y esas cosas, que se me hacen insoportables.

—Ya veo, ya, que prefieres la acción, como siempre. Voy hablando yo con la jefa de estudios y el secretario y tú hablas con los profes que puedas, tanto *amiguis* del difunto como contrarios.

—¿Sin un plan previo para seleccionarlos?

—Yo creo que algunos irán a ti cuando vean que recoges información, como vino a buscarme el tal Benito, a contarme los supuestos abusos de la directora y el temor del finado. Y deberías buscar a los alumnos del difunto, a ver qué te cuentan. Cómo se comportaba en clase, si era cumplidor, esas cosas que nos puedan servir para completar el perfil o para detectar posibles enemigos o cualquier referencia que nos ayude a avanzar.

—Vale, iremos hablando de lo que veamos. Hasta luego, Minerva.

—Hasta luego, Pepa, vamos a continuar mientras haya gente por aquí que pueda aportarnos algo. Comentamos al final de la mañana lo que hayamos sacado en limpio.

Suena el móvil de Minerva. Comisario. 12:12 h.

—Hola, Minerva. ¿Qué tal va todo? —con la voz envolvente y serena que le caracteriza—. Imagino que en ese entorno habrá mucho lío.

—No te creas, se nota la tensión, aunque está la cosa más bien tranquila para el tomate que hay. Hemos estado hablando con la directora para intentar ubicar bien el caso, que veo raro, como con algo oculto. Ha venido su señoría la juez Alcázar, un poco subida. Ya sabes. Pero creo que hemos acabado bien. Y me ha dicho que me las apañe yo con los forenses.

—Bueno, eso para ti no es problema. Tienes buenos contactos, creo.

—Ya estamos. Soy amiga de un forense. Nada más.

—No te enfades, que sabes que lo digo en broma. A ver si los periodistas no nos tocan mucho las narices. Estoy alerta y, de momento, no ha salido nada. Pero tarde o temprano, algo caerá. Ya sabes que hay algunos que son terribles, sensacionalistas y les encanta meter las narices donde no deben y hablar de lo que no tienen ni puta idea.

—Pues mira, esto tiene pinta de tener una zona oscura que aún no hemos descubierto, pero mi olfato me hace sospechar de cualquier cosa. Hay indicios, sensaciones, miradas, comentarios que no presagian nada bueno.

—Ufff, pues entonces no tardará en meter las narices nuestro querido Dimas Quero Sorribas, el del *Eco de Augusta*, ese panfleto digital que desencadenará la puesta en marcha de la prensa tradicional con su terrorífica página 3, que suele desarrollar con mucha imaginación el titular sensacionalista de la primera página.

—Ojalá te equivoques, pero el olor de la carroña es irresistible para ese fulano.

—Suerte, Minerva. Y ya sabes que estoy para lo que sea cuando sea.

—Gracias, jefe, no lo he dudado ni un momento. Seguimos trabajando.

3

Unas risas

Minerva es acompañada por la directora a Jefatura de Estudios. Le presenta a la jefa principal, Constanza Acero, una mujer morena, menuda de estatura, de semblante agradable, un tanto juvenil, de unos cuarenta años. Tiene una mirada miope, muy expresiva y su semblante es serio. Como la jefatura es un despacho más grande y hay mucha gente, la inspectora pide un lugar más recogido donde puedan hablar. Se dirigen a una sala de visitas próxima, muy pequeña, de paredes desnudas y equipada con una mesa redonda y cuatro sillas por todo mobiliario. La directora pregunta si es necesaria su presencia y Arbués le indica que no, por el momento.

—Señora Acero, ¿me podría contar cómo ha seguido los acontecimientos que han ocurrido en el día de hoy?

—Pues verá, yo he visto a Guillermo Fernández esta mañana al llegar al instituto. Como es habitual en él, se ha retrasado unos minutos y le he indicado que, como estaba de guardia, debía hacerse cargo de uno de los grupos que estaban sin profesor, pues el titular está ausente por enfermedad y desde Educación no nos han enviado sustituto en dos semanas.

—¿Dos semanas sin sustituto? ¿No es demasiado tiempo?

—No crea, en especialidades complicadas pueden tardar más aún. Este tema está mal resuelto. Y desde la pandemia ha empeorado.

—Tras ordenarle que fuese a la guardia, ¿cómo ha respondido? —pregunta Arbués.

—Como siempre, con muy malos modos, que siempre le tocaba a él y otras cosas parecidas. Que no son ciertas, pues procuramos repartir estas tareas poco agradables. Los demás profesores de guardia estaban ya ocupados con otros grupos en situación parecida.

—¿Eran muy habituales los incumplimientos, en lo profesional, por parte del difunto?

—Sí, con frecuencia llegaba tarde, se ausentaba en horas de permanencia sin justificación, faltaba mucho a sus clases… Siempre tenía que llevar al médico a algún familiar directo los días que tenía mayor número de horas lectivas. Era un mal profesional, que actuaba siguiendo sus ocurrencias y sin realizar su trabajo como está estipulado.

—Ustedes, ¿hacían algo para corregir esas actuaciones incorrectas?

—Claro, nosotros enviábamos las faltas, justificadas o no, a nuestros superiores, como hacemos con todo el mundo, o comunicábamos a la inspección las irregularidades que cometía.

En ocasiones le descontaron de la nómina las horas no trabajadas, y a veces incluso discutió por eso con la inspectora a voz en grito. En otras le aceptaban cualquier justificación que presentase. Como puede suponer, todo esto nos dejaba al equipo directivo totalmente indefenso y le daba alas para seguir con sus aires de matón.

—Es paradójico que se refieran al difunto como un matón —interviene Minerva— cuando ha aparecido en las circunstancias que ya conoce, aparentemente lapidado.

—Mire, yo no sé nada de esto. Ni siquiera he ido a ver el lugar de los hechos. Yo quiero hacer mi trabajo lo mejor posible y no tener conflictos. Esto es muy difícil de conseguir para un jefe de estudios. Y más si eres mujer y tienes que multiplicarte, como es mi caso.

—¿Sabe si el señor Fernández se llevaba especialmente mal con alguien en el centro?

—Se llevaba mal con la mayoría del profesorado por su desprecio a todos, su mala educación y sus ganas permanentes de bronca con cualquiera que pudiera eclipsarle o dejarle en evidencia por su mala *praxis* profesional, tanto como profesor como cuando ejerció la jefatura de su departamento. Su forma de actuar, en lo profesional, era totalmente errática y caprichosa. No podría precisarle, pero estaba enfrentado con mucha gente. Dejaba damnificados en casi todas sus actuaciones.

—¿Tendría algún partidario o alguien con quién trabajase en condiciones?

—Sí, hay un grupito que le reía las gracias y le secundaba en cualquier iniciativa por estúpida o absurda que fuera. Y esos pocos armaban mucho ruido, que se difuminaba cuando no estaba Fernández. Entre ellos están Cabezudo, Arancha Poyatos, Arturo Artero, Diógenes Tirado y pocos más.

—¿Me podría explicar la cronología desde el comienzo de la jornada, especialmente del fallecido, hasta el descubrimiento de los hechos?

—Por supuesto. El centro se abre a las 8:00. Los alumnos entran a las 8:25 para dirigirse a sus clases, que comienzan a las 8:30. Fernández ha llegado a las 8:35, y lo ha hecho un tanto sofocado. Le he indicado que fuese a una guardia, como le he contado. Ha salido de ella a las 9:20. Entonces tenía un periodo de atención a familias. A las 10:10 tenía clase con primero de Bachillerato y no se ha presentado. Hemos enviado a un profesor de guardia y hemos empezado a buscarle. Y a las 10:15 hemos descubierto ese horror.

—Le agradezco su sinceridad que, sin duda, nos ayudará a seguir avanzando en el esclarecimiento de los hechos. Es probable que debamos requerir más veces su colaboración —cierra su intervención Arbués.

—No lo duden, pueden contar conmigo para lo que sea necesario.

Setefilla busca a Benito Cabezudo en el instituto, siguiendo las instrucciones de la conserje de la entrada, para pedirle detalles de lo que le contó a Arbués. Está esperando a que termine su clase —faltan cinco minutos— y en el intervalo es abordada por otra profesora en un pasillo muy luminoso de la segunda planta, recién reformado, con las paredes muy claras por el revestimiento antisuciedad que se ha colocado.

—Buenos días. ¿Es usted de la policía? Me gustaría informarles sobre este asunto —se presenta como Silvia Sicilia Dubois, profesora de francés—, pero no desearía, en modo alguno, que se me relacione con este suceso tan lamentable.

—¿Se refiere al presunto homicidio que se ha producido? —pregunta Setefilla.

—No, sobre eso no tengo nada que decir sin generar suspicacias, pero sobre lo que ha llevado a esta situación, quizás sí pueda hacer alguna aportación relevante. Ese individuo era siempre un grosero, con sus bravuconerías, sus paranoias y su pésima educación.

—¿Está insinuando algo?

—No, no, solo que ese individuo ha estado sembrando odio y desprecio desde que llegó. Y en los últimos tiempos, su deplorable comportamiento se exacerbó. A mí me acusó de entrar en su cuenta de correo corporativo entre otras muchas lindezas. En realidad, lo que me ha ocurrido en infinidad de ocasiones, es que cuando yo entraba al aula en la siguiente hora a la que él había estado, me encontraba su cuenta de correo abierta en el ordenador del profesor, lo que supone una negligencia por su parte, y yo la cerraba para evitar problemas.

—Bueno, esto que me cuenta podría no ser más que un malentendido.

—Creo que no me he explicado del todo bien. De ese «malentendido» fue tirando, tirando hasta promover una acusación formal contra mí ante la Dirección. Mientras tanto me iba cortando el paso por los pasillos, intentando ridiculizarme, mandando correos amenazantes… actuando de un modo que se podría calificar de infantil si no tuviese cincuenta años y una agresividad manifiesta.

—¿Cómo actuó la Dirección del centro? —pregunta Setefilla.

—En mi opinión, de forma correcta, pues le explicaron que yo no tenía permisos para poder acceder nada más que a mi cuenta de correo y no podía hacer nada sobre otras. Lo de obstruir el paso y otras actitudes lo comuniqué verbalmente a los miembros del equipo directivo, pero como estaba la situación tan tensa, imagino que no pudieron actuar sobre eso.

Suena el timbre del cambio de clase y la profesora de francés deja a toda prisa a Setefilla, sin despedirse, como si quisiera evitar a toda costa que cualquiera la vea con la subinspectora.

Sale Cabezudo de clase dejando la puerta abierta y se dirige hacia la subinspectora. Le indica que, si le parece, pueden dirigirse a su departamento, que estará desocupado en unos minutos. Así lo hacen. El departamento tiene forma rectangular, con dos grandes ventanales, una gran mesa rectangular en el centro, varias sillas alrededor y las paredes están ocupadas, una de ellas por estanterías y la otra con tres mesas y sus correspondientes ordenadores.

—Verá, subinspectora, Guillermo siempre ha sido una persona muy implicada en la educación. Siempre estaba pensando en realizar innovaciones en todo, la mayoría de las ocasiones contando conmigo y con varios profesores más, siempre buscando lo mejor para sus alumnos, ser plenamente inclusivo. Y eso de que alguien se mueva y haga cosas diferentes está mal visto para quien no quiere cambiar nada. Había recibido premios en este ámbito de la innovación educativa.

—Sobre esto que me cuenta, ¿quién veía mal este tipo de iniciativas?

—Todos, mejor dicho, la mayoría, y todos los directivos, especialmente las directivas. Siempre estaban con que había que evaluar todo lo que se hacía, que si la forma de evaluar de Guillermo no era la adecuada, siempre cuestionándolo todo, aunque hubiésemos invertido mucho trabajo y muchos litros de café y de bebidas energéticas preparando las ideas hasta avanzada la madrugada. Hoy deberíamos haber presentado un proyecto, pero ya ve. Le tocaba elaborarlo al pobre Guillermo. A veces respondíamos de forma airada porque nos sentíamos frustrados por el rechazo sistemático a nuestras propuestas y, a veces, incluso atacados por defender nuestra forma de trabajar. Si lo desea le puedo enseñar actividades de las que hemos realizado y podrá juzgar usted misma si son valiosas o no.

—En ese tema no debo entrar de momento —le responde Setefilla—. No es lo que estamos investigando ahora, pero no le quepa duda de que si necesitamos estudiar esos materiales lo haremos. Por el momento no forman parte de la investigación de un presunto homicidio.

Setefilla busca con ayuda de una de las conserjes, una con una larga melena y voz recia, a los delegados de los cursos en los que impartía clase Fernández. Localiza a uno de los delegados de primero de Bachillerato, Kevin Espinoza Pizarro, y habla con él en el pasillo, en medio del griterío del cambio de clase.

—Buenos días. Soy la subinspectora Setefilla —Mostrando su placa—. Estamos realizando una investigación policial y me gustaría conocer lo que sabe sobre algunas cuestiones.

—A mí no me líe. Yo no he hecho nada. Ya sé que vienen a lo del muerto, pero yo no sé nada, ni quién es. No tengo nada que decir —mientras se va alejando.

—Un momento, chaval. Te estoy pidiendo hablar por las buenas. Si no quieres colaborar, tendré que ir por las malas y hueles a canuto que apestas. Si eres menor de edad, tendré que llevar a comisaría a tus padres y no creo que les haga gracia. Y si eres mayor de edad, te puedo hacer ir a declarar a la comisaría. Tú eliges.

—¡Joder con los guindillas! ¿De qué cojones quiere hablar?

—¿Eso significa que vamos a buenas?

—Eso significa que a ver qué quiere. Que tengo prisa, que no tengo clase ahora y he quedado con mi jamba.

—La cosa puede ser muy rápida, depende de ti. ¿Te daba clase el profesor Fernández? En caso afirmativo, ¿cómo se comportaba con vosotros como alumnos?

—Ah, ¿ese es el muerto? Un pringao.

No tenía ni puta idea. En clase le llamamos Napoleón. Un día vino disfrazado y diciendo unas chorradas de que era Napoleón y no sé qué más. A clase llegaba siempre tarde y faltaba más días que venía. Parecía muy enrollado, iba muy de coleguilla, pero no sé, a mí me resultaba chungo. A mí es que la historia no me mola nada. Si quiere ver el rollo Napoleón está en YouTube, que le gustaba grabarse y que le diéramos *likes*.

—¿Sabes de alguien que pudiera tenerle especial manía?

—No, porque el tío se enrollaba a veces. Si no le causabas problemas, te ponía de ocho para arriba sin necesidad de hacer nada. Las suyas eran las mejores notas.

—Bueno, no me has ayudado mucho, pero te puedes pirar. Si te necesito, ¿puedo contar contigo?

—A mí no me líe, pero si es poca cosa como hoy, pues vale.

A continuación va a buscar al delegado de segundo de ESO, Luis Fonsi López Talentada. Le ayuda una de las conserjes, yendo a buscarlo a su clase. Pepa piensa en la eficacia que están demostrando.

Llama la conserje a la puerta y pide que salga.

—¿Eres el delegado de segundo C de ESO? —pregunta Setefilla.

—Sí, soy yo.

—Mira, soy de la Policía y me gustaría hablar contigo un momento.

—Ah, no, mis padres me prohíben hablar con nadie si no es en su presencia.

—Sería un momento para hacerte un par de preguntas nada más.

—No, no, yo no hablo sin mis padres. Si quiere, mi madre viene los martes por la tarde, que está en el AMPA.

—Bueno, está bien. ¿A qué hora viene tu madre?

—Cuando puede. Yo creo que hoy igual viene sobre las cinco o las seis o las cuatro.

—Te pido por favor que te asegures.

—Sí, suele venir sobre las cinco —interviene la conserje—. Mira, Luis Fonsi, dile a tu madre que si no pudiera venir, que avise a conserjería y yo ya se lo digo a la inspectora.

—Subinspectora —contesta Setefilla—, ¡no me ascienda tan rápido!

Ambas se echan unas risas.

4

¡Hablamos, campeón!

La inspectora Arbués va a entrevistarse con el secretario, acompañada por la directora, quien los presenta:

—Hola, Cefe. Mira, es la inspectora Arbués, de la Policía. Ha venido a investigar este marronazo que nos ha caído y quiere hacerte unas preguntas.

—Por supuesto, no faltaría más.

—Pues nada, inspectora, le dejo con Ceferino, nuestro secretario. Él es responsable del mantenimiento del edificio y sus instalaciones y se encarga de gestionar al personal de administración y servicios. Lo que llamamos PAS. Les dejo que tengo mucho lío.

Ceferino es un tipo afable, de cincuenta y muchos años, delgado, con aspecto de deportista, que va rapado y tiene tendencia innata a bromear. Su despacho, de dimensiones muy reducidas, es un perfecto ejemplo de desbarajuste, con montones de carpetas, facturas, herramientas de cualquier tipo, cachivaches diversos sin ningún orden aparente, salvo quizás para él mismo.

—Gracias por su disposición, Ceferino. Quería preguntarle por las cámaras de seguridad que tienen en el centro. Me han dicho que algunas sí que graban y otras no…

—Bueno —le interrumpe el secretario—, es que esta gente nos dio mucho mal cuando pusimos las cámaras. Todo estaba mal, que si había que educar en libertad y no con cámaras y rollos así, de los suyos. Pero cuando intentas evitar las salvajadas que hacen algunos alumnos, y no solo alumnos, bien se vale tenerlo grabado y así poder ponérselo a los padres cuando hay que reclamarles que paguen el desperfecto. Que hay una gente… que ni aun así. Y para que se vieran cámaras en muchos sitios y no tener que liarnos más con el rollo de la protección de datos, decidimos poner cámaras de pega, que impresionen antes de que hagan la barbaridad que se les pase por la cabeza. Pero ni aun así.

—Disculpe, ha hablado de «esta gente». ¿A quién se refería?

—Ah, perdón, pues a la cuadrilla del Guillermo, los «salvadores de la educación». Son cuatro o cinco, que siempre están metiendo mal.

—Bueno, paso a preguntarle cosas más concretas. ¿En el pasillo del servicio de profesores hay alguna cámara? Y si la hay, ¿graba o no?

—Sí, sí, hay una cámara, pero esa no graba, para respetar la intimidad.

—Si la gente no sabe si graba, ¿cómo se respeta la intimidad?

—Bueno…, es que todo el mundo lo sabe.

—Perdone, pero entonces no entiendo la finalidad de tener algo que no hace nada y todo el mundo sabe que no hace nada, pero bueno, no vamos a seguir por ahí. ¿Hay alguna de las cámaras que permita ver el acceso a ese pasillo?

—Solo para ese pasillo, no, pero la que hay en conserjería sí que permite ver quien entra por allí. Podemos mirarlo ahora mismo si quiere.

—No corra, espere. Y aparte de esa, ¿hay alguna que permita ver las entradas y salidas al centro de la gente?

—Sí, esa la miramos a menudo, pues si hay alguna pelea o pasa cualquier cosa, la podemos ver antes de actuar o de llamarles a ustedes. También cuando alguien llega tarde o se marcha antes de hora. Aunque a algunos, como a los «salvadores», no les gusta saber que podemos comprobar si llegan tarde, se van pronto o hacen algo indebido.

—¿Alguna que muestre la zona de la ventana de los baños de profesores, por donde pasa el río?

—Uy, ahí no estoy seguro. Podemos mirar si alguna de las cámaras del recreo… Eso lo podemos ver enseguida.

—Ahora mismo no podemos mirar las cámaras ni las grabaciones, pero sí le voy a pedir que nos pase los archivos de grabación de esas dos o tres cámaras que me ha dicho de los días que estén disponibles, al menos de ayer y hoy.

—Las de hoy, si quiere, se las doy ya mismo, pero las de ayer no sé si estarán, pues las grabaciones se conservan muy poco tiempo y se vuelve a grabar encima.

—Muy bien, pues le ruego que nos prepare copias de lo que tengan y las recogeremos mi compañera o yo al final de la mañana. Y le ruego que actúe con absoluta discreción.

—Sí, sí, no diré nada a nadie, ni a los del equipo directivo.

—¿Qué relación tenía usted con el señor Fernández?

—Poca y mala. Era un tío jeta, más chulo que nadie, que siempre andaba tocándonos los cojones a todos. Y más al equipo directivo. A la pobre Dalila le ha hecho la vida imposible, con todas las acusaciones e historias que se ha montado ese tipejo. Que ha tenido que declarar como acusada y todo. Yo ya le hubiera partido la cara hace tiempo, pero aquí todo el mundo dice que hay que controlarse. Pero esta gentuza no se controla y encima hay que tener miramientos con ellos.

—¿De qué ha acusado a la directora?

—No es por no decírselo, pero es mejor que se lo cuente ella, que estas cosas de denuncias es mejor que las cuente cada cual.

—Otra cuestión que quería plantearle es relativa al armario de limpieza que hay en el servicio de profesores. Hemos podido comprobar que en su interior había un buen número de piedras como las que estaban alrededor del cadáver. ¿Qué hacían ahí? ¿Desde cuándo estaban?

—Pues de eso no tenía ni idea. Eso no es normal. Las limpiadoras terminan su trabajo a las ocho de la tarde, recogen las herramientas en ese armario y se marchan. Ya les preguntaré si estaban las piedras antes de marcharse.

—Perdone, pero es mejor que les preguntemos nosotras. ¿Cuándo estarán las limpiadoras que estaban ayer de tarde?

—Esta tarde, pues rotan cada semana. Las puede localizar aquí a partir de las dos y media.

—Muchas gracias, hablaremos con ellas. Si necesitamos de su colaboración, nos pondremos en contacto con usted. Recuerde darnos la copia de los archivos de las grabaciones. Y si viese cualquier cosa que nos pueda servir, no dude en decírnoslo.

—Por supuesto, les informaré de todo.

Setefilla busca a Arbués para comentarle que esta tarde, al menos ella, continuará por el instituto, pues tendrá que entrevistarse con el delegado de segundo C y su madre. Arbués le comenta que el secretario les pasará los archivos de las cámaras que puedan aportar algo al final de la mañana. Y por la tarde deberán hablar con las limpiadoras para aclarar el asunto de las piedras en el armario. Y lo que se tercie.

—El secretario es un bocas —cuenta Minerva—. Se le ha escapado algo de una acusación del difunto contra la directora. Habrá que preguntarle a ella, aunque sospecho que no le gustará.

—Joder, no ganamos para sorpresas. A mí el marisabidillo de segundo C me ha dicho que no hablaba si no era en presencia de sus padres. Es el que tiene todo más claro, me parece.

Ambas se ríen.

Suena el móvil de Minerva. Comisario. 13:25 h.

—Dime, jefe.

—¿Has visto las noticias?

—No me ha dado la vida. Estamos de un lado para otro, sin parar.

—El cabrón del *Eco* ya ha sacado en el digital un articulito sobre el tema. ¡Y con qué poderío!

—No fastidies. Me dejas helada. Si lo tienes a mano, mándamelo, por favor.

—Ahora mismo. Ya seguiremos en contacto.

Llega el archivo:

PROFESOR MODÉLICO APARECE MUERTO
EN SU INSTITUTO

Había presentado una denuncia por acoso laboral contra
la directora del centro

En uno de los mayores centros educativos de la ciudad, el IES Emilio del Río Rabanedo, en un barrio caracterizado por su conflictividad, ha aparecido lapidado un profesor ejemplar, siempre preocupado por su alumnado, participativo, preocupado por aplicar las últimas aportaciones de los y las grandes popes de la educación y de la inclusión, que se alejan de las caducas costumbres que persisten en la mayoría de los centros y son practicadas por el profesorado inmovilista y ramplón.

Según fuentes del propio centro, el profesor, G. F. R. —preferimos evitar su nombre al estar bajo secreto sumarial—, había presentado una denuncia hace unos meses por acoso laboral contra la directora del centro. Se desconocen los detalles al respecto, pero no es descartable que hubiera tenido lugar esa agresión que, en muchos casos, ennoblece a la víctima, llegando a la categoría de mártir profesional y envilece a los opuestos al progreso que buscan neutralizar las iniciativas beneficiosas, progresistas y liberadoras para la conducta de los adultos y adultas del futuro.

Esperamos que las fuerzas del orden y la justicia actúen con profesionalidad y eficacia —lo que no es habitual en ellos— para detener y juzgar a los culpables de un crimen tan execrable en el plazo más corto posible (…).

Dimas Quero Sobaberas
El Eco de Augusta

Las dos policías, perplejas tras la lectura del artículo, piensan que deben optimizar los recursos para centrarse en lo relevante:

—El artículo dice bobadas grandilocuentes —afirma la inspectora—, pero esto cambia las cosas. En breve entrará el resto de la prensa escrita, la radio, la tele… y empezarán los políticos a meter presión. Mira, voy a llamar al forense, a ver si puede adelantarme cualquier cosa para ir centrando el tema.

—Creo que es lo mejor —afirma la subinspectora— para ver si podemos ir callando a este cabrón. Ya vale de decir tontadas.

Arbués marca en su móvil.

—Hola, Nicolás, ¿qué tal va todo? Tengo la intuición de que tal vez tengamos algún asunto en común…

—Hola, Minerva, ¡qué sorpresa! Aunque hacía tres o cuatro días que no hablábamos, la intuición nos sigue funcionando. Pues sí, creo que tenemos algo que compartir. ¿Me llamas por trabajo, supongo?

—Sí, no sé si ya has leído lo del instituto que cuenta el fulano del *Eco*, que ya habla de una lapidación. Pues yo estoy al cargo de eso.

—Bueno, me he imaginado que te habría caído. Por eso he cambiado el caso con otro compañero. Esto que te digo es muy preliminar. Hasta que no tengamos la autopsia y los análisis toxicológicos, no podré decirte nada seguro. Pero de una primera impresión del cadáver, me juego un par de trienios a que esos impactos no matan a nadie. Podría haber alguna hemorragia interna imprevista, pero ya te digo que lo dudo mucho.

—Jobar, entonces ¿nos replanteamos la línea de investigación?

—Conociéndote, yo creo que no tienes que cambiar nada. Solo que tendrás que seguir avanzando, dejar abiertas algunas hipótesis secundarias que tal vez pasen a ser primarias. Y esperar a la autopsia. ¿Con quién llevas el caso?

—Con Pepa.

—Entonces no me cabe ninguna duda de que lo haréis genial. En cuanto vaya teniendo cosas, te las cuento *off the record*. Y supongo que lo que vayas viendo me lo contarás para ver por dónde tiro. ¡Que tóxicos hay muchos! Piensa que tres o cuatro días se nos irán entre una cosa y otra.

Pepa está expectante:

—¿Qué te ha dicho?

—Que no descartemos nada, pero duda de lo de la lapidación. Que esas pedradas no matan ni a una mosca. Y que tendremos que esperar tres o cuatro días a completar todo. Mantenemos nuestras citas con el secretario para recoger las grabaciones, con las limpiadoras esta tarde y con el alumno y su madre. Y a ver qué nos va saliendo. Y cualquier cosa que te huela a tóxico con ese olfato tan fino que tienes, me dices. Por si acaso.

—Si quieres ya me encargo yo de las grabaciones.

—Pues mira, sí. Y si no pudieras, pediríamos refuerzos.

Suena el móvil de Arturo Artero, profesor del instituto:

—Hola, Arturo. ¿Qué tal va todo?

—Hola, Dimas. Por aquí siguen las polis, hablando con gente. Hablan con la bruja de la directora, con la asquerosa de la jefa de estudios, con el imbécil del secretario, con las conserjes, con las limpiadoras, con todo quisqui, menos conmigo.

—Oye, lo que me has contado de la lapidación supongo que lo has contrastado y no será un farol. ¡Mira que ya lo he puesto en sitio preferente!

—Joder, ya estás con esas. Te recuerdo que tengo dos carreras, una de ellas Periodismo, y dos másteres. Y con mi juventud ya tengo mi plaza en propiedad. Y lo que te he contado lo he visto con mis propios ojos por la ventana. Guillermo estaba en el suelo y cubierto de piedras. Ha sido un instante, pero lo he visto todo. Que aquí hay mucho odio. Ni te lo imaginas.

—Sí, sí, Arturo, pero el que se la juega poniendo esto soy yo. Y mi periódico digital. Y te he hecho caso inmediatamente porque eres profesor del instituto y amigo mío. Que si no, de qué.

—Oye, recuerda que tuvimos el mismo profesor de ética de la comunicación, el Incorruptible. Hasta que dejó de serlo. ¿Cómo te iba yo a fallar en una cosa tan seria? ¿Y quién ha sido el primero en dar la noticia gracias a mí? Tú.

—Vale, vale, estate con los ojos y oídos bien abiertos por si acaso. Hablamos.

—Hablamos, campeón.

5

Nos vemos tempranito

Al acabar la jornada de mañana, un rato después de retirado el cadáver, el instituto se vacía de forma imperceptible. Las dos policías se encuentran solas y sin nadie a quien interrogar.

—Bueno —indica Minerva—, me parece que aquí tenemos poco que hacer ahora. Esta tarde tenemos al niño con su madre, las limpiadoras y habría que hablar con la familia de la víctima. Y de nuevo con la directora, a ver qué es eso del acoso, de lo que no nos ha contado nada. Eso supone que podría tener un móvil para matar.

—Y mirar las grabaciones de las cámaras. ¿Te ha dado algo el secretario?

—No, no me ha dado nada.

—Pues si te parece, comemos algo, ¡que tengo un hambre!, y después seguimos. ¿Te quedas tú aquí y yo me voy a hablar con la viuda?

—Me parece muy bien. Ya sabes que esas escenas lacrimógenas me pueden.

Cuando van a salir, les llama a gritos el secretario, que sale corriendo:

—Comisarias, comisarias, que les doy las grabaciones en este *pendrive* antes de irme al pádel.

—Gracias, nos ha ascendido a las dos de una tacada —responde Pepa—. Mejor que nos las pueda dar y así las estudiaremos hoy y avanzar un poco, si es que se ve algo.

—No sé si servirá, pero por la cámara de conserjería parece que pasa bastante gente. O poca, pero bastantes veces.

Piden un par de bocatas de lomo con queso y pimientos verdes y sendas cervezas 0,0 en uno de los bares del barrio mientras comentan sus impresiones de lo vivido esa mañana y comprueban que no tienen nada todavía. Mucha charleta, pero pocas cosas relevantes, ni indicios, ni certezas. Se despiden en el aparcamiento. Pepa vuelve al instituto para seguir entrevistando.

Minerva va a su coche para hablar con la familia del difunto, pensando en cómo abordar un tema tan delicado. Intentará completar la visión del fallecido con alguien que convivía con él. Llama al teléfono que le han facilitado y le indica a la mujer compungida que estaba al otro lado —quizás la viuda— que debe hablar con ella y que pensaba desplazarse hasta su casa. Si no tiene inconveniente, pasará en unos veinte minutos. Así lo acuerdan.

En el camino, como de costumbre, va oyendo la radio. Suena Paco Ibáñez cantando a León Felipe: «Así es mi vida, mi vida, piedra, como tú…». ¡Jobar, qué puntería! —piensa Minerva mientras sonríe. Continúa el programa, que va de las setas, sus características, las intoxicaciones; comentan las alteraciones que provocan; el tiempo que tardan en manifestarse; su toxicidad y otras curiosidades del otoño.

Llega a la casa. Sube hasta el quinto piso. En el ascensor maldice esta parte de su trabajo, por los malos tragos que le obliga a pasar.

Llama a la puerta y abre una mujer rubia, guapa, de unos treinta años, con un atractivo que el llanto no ha conseguido ocultar:

—Buenas tardes. Soy la inspectora Arbués, —Muestra su placa—. Venía a hablar con la viuda del señor Guillermo Fernández.

—Buenas tardes —balbucea incrementando la intensidad del llanto—, soy yo. Pase, por favor.

Llegan hasta un salón amplio, amueblado con pretensiones, con muchas líneas rectas y todo en negro y blanco; láminas de mapas que quieren parecer antiguas, una pequeña litografía del Guernica, un sofá con *chaiselongue* en un extremo, una gran librería que parece ordenada por colores de las obras y muchos juguetes por todas partes. Se sientan en el sofá.

—Sé que es un momento muy delicado —explica Arbués—, pero me gustaría pedir su colaboración para esclarecer lo ocurrido a su marido.

—Yo no sé nada de quién pudiera querer lapidarlo, que es lo que me han contado hasta ahora. Y es lo que he visto en las noticias que me ha pasado Benito, un buen amigo y compañero de Guillermo.

—No estamos seguros de si solo ha ocurrido eso o ha habido otras cuestiones que hayan influido. Por eso necesitamos hablar con usted. ¿Qué sabe usted del comportamiento de su marido en el instituto? ¿Tenía amigos? ¿Enemigos?

—Guillermo siempre ha sido una buena persona, muy tierno con nosotros, muy buen padre. Aunque yo también soy profesora, siempre se ofrecía él a llevar a los niños al médico cuando era necesario, gestionaba las citas y se encargaba de todo. Estaba muy implicado en su trabajo. Siempre estaba buscando formas de innovar en sus clases. Se llevaba a los alumnos fuera del instituto, hacían actividades muy divertidas e ingeniosas. Y siempre obtenía muy buenos resultados con sus alumnos que, aunque tuviesen malas calificaciones en otras materias, con él siempre eran excelentes.

—Sé que es duro para usted, pero ¿podría haber alguien interesado en matarlo?

—Yo creía que no —se derrama en un torrente de llanto—, pero está claro que alguien quería hacerlo. Esa gente del equipo directivo le ha hecho mucho daño, esas trampas constantes, falsificar documentos, maniobrar siempre para perjudicarle y para dificultar su trabajo…

—¿Tenía malas relaciones con la Dirección?

—Sí, muy malas. Esa directora es demoníaca. Y la jefa de estudios también, que solo pensaba en perjudicarle. Lo último es de hace pocos días. Quería hacer una actividad con sus alumnos para salir detrás de los talleres del instituto y reconstruir algunas mesas de las que había rotas y poder dar las clases en ellas, al aire libre, tras los talleres, una vez estuviesen reparadas. Y le dijeron que no le autorizaban. Que si quería innovar tenía que hacer no sé qué papeles.

—Pero esto que me cuenta no pasa de ser una diferencia de criterio profesional entre ambas partes, ¿no le parece?

—No, no, iban a por él. Yo no le hacía demasiado caso, trataba de quitarle importancia, pero él se lo tomaba muy a pecho. Ayer estuvo todo el día trabajando en esos malditos papeles. No conseguía plantear lo que quería hacer. Acostamos a los niños y dijo que él no se acostaría hasta que tuviese hechos los dichosos papeles. Que querían fastidiarlo y no lo iban a conseguir. Y que quitaría ese procedimiento cuando fuese director, que eso era una chorrada burocrática y nada inclusiva. Y no se acostó. —Se refuerza el llanto—. Y esta mañana, con una gran cara de sueño, me ha dicho que se iba a trabajar. Le he preparado un café bien cargado para que se espabilara. Y me ha dicho que había tomado por la noche varias latas de bebidas energéticas y creía tenerlo ya todo listo. ¡Ya no lo podrá hacer! —El llanto se vuelve incontrolable.

—Disculpe, pero le quería preguntar si su marido tenía un talante, digamos, autoritario.

—No. Era muy bueno, aunque si le llevaba la contraria se ponía muy serio e irascible hasta que yo le daba la razón. Entonces volvía a ser el de siempre, tierno y cariñoso.

—Le agradezco mucho su colaboración —va finalizando Arbués—. La tendremos informada de los avances de la investigación. Le ruego que cualquier cosa que le parezca relevante la ponga en nuestro conocimiento.

—No tenga duda de que lo haré para que la ley sea implacable con los culpables.

—¿Por qué usa el plural?

—Porque seguro que es una confabulación. Había mucha gente que odiaba a Guillermo.

—Muchas gracias por su atención. Procure descansar.

Minerva vuelve a su coche. Hablará con Pepa para ver si tiene que dirigirse otra vez al instituto. Si no es así, se irá a casa. La emisora de radio habitual habla ahora de la muerte súbita. Parece que la proximidad del dichoso Halloween hace estragos en los programas radiofónicos.

Pepa, tras esperar un rato, se entrevista con el muchacho de 2.º y su madre en una de las salas de visitas:

—Buenas tardes, soy la subinspectora Setefilla. —Muestra su placa—. Me gustaría hacerles algunas preguntas. ¿Es usted Lourdes Talentada, madre de Luis Fonsi López?

—Yo soy —responde la madre—, ya he oído las noticias y me he quedado más tranquila. Para que lo sepa, soy de la directiva del AMPA, que estamos para colaborar en lo que haga falta.

—¿Por qué dice que se ha quedado tranquila si estamos ante un posible homicidio?

—Al haber sido lapidado, yo no he podido ser la culpable.

—¿Quería usted acabar con el profesor? —Pepa se queda atónita.

—Bueno, no me hubiera importado, pero mejor le explico. Hace varios años este profesorzuelo le dio clase a mi hijo mayor. Y todo fue horrible con él, siempre encolerizado, escaqueándose de sus obligaciones, haciendo tontadas en clase que se pueden ver en YouTube, en fin… Y se presentó a director. Yo conocía al otro candidato y me merecía más confianza. Entonces, hice lo que me habían recomendado. Puse su nombre y apellidos en un papel y lo congelé.

—Perdone, pero no entiendo lo que me está diciendo.

—Verá usted. Resulta que dicen que cuando se congela el nombre de alguien, se inactiva o algo así y no le salen las cosas. ¡Y no salió elegido! Al ver que eso había funcionado, hace una semana le pregunté a la amiga que me lo aconsejó qué podría hacer para que ese mal profesor no pudiera martirizar a mi hijo. Y me propuso que le hiciera vudú. Me preparó el muñequito y todo. Y este fin de semana pasado, le clavé un montón de agujas y le hice todo lo imaginable. Y esta mañana, al oír la primera información, pues me he asustado, pensando que lo había matado, pero al ver que era una lapidación, me he quedado mucho más tranquila.

Pepa decide respirar hondo y contar hasta diez.

—Respecto a las cuestiones académicas, ¿tenía algún reparo con el profesor fallecido?

—No, en lo académico no. Trabajaban poco y se divertían mucho en sus clases. Mi chico se porta bien y saca buenas notas, por eso participa en todas las actividades. La última fue el viernes, que fueron al monte a conocer los árboles y las setas. Les gustó mucho y se trajeron muchas setas que supervisó el profesor de Ciencias.

—Muy bien, Lourdes, muchas gracias por su colaboración. Si hubiera cualquier otra cuestión, ya le llamaríamos para hablar con usted.

La subinspectora se dirige a conserjería para preguntar por las limpiadoras que están en turno de tarde. Acuden al lugar y, tras identificarse Setefilla, le confirman que estuvieron la tarde anterior y que cuando se marcharon, sobre las 20 horas, no encontraron nada raro en el armario de la limpieza situado en la escena del crimen. No vieron piedra alguna en el armario de la antesala de los baños. Se quejan del zancocho que les ha quedado, pues hasta poco antes de comenzar su turno han estado los de la policía científica y no se ha podido limpiar antes la zona de los aseos y les ha tocado todo a ellas.

Minerva habla con Pepa. Le cuenta que se ha entrevistado con la viuda y que no ha conseguido ninguna información relevante, salvo que el difunto estuvo toda la noche preparando un proyecto que tenía que presentar hoy mismo. Y que para trabajar se tomó varios cafés y algunas bebidas energéticas.

Pepa le resume la conversación con la madre del alumno, comentando que ya tienen a alguien autodescartado para la autoría de un homicidio y la entrevista con las limpiadoras, quienes afirman no haber visto nada extraño en el armario al terminar su turno.

Ambas coinciden en la conveniencia de centrar las averiguaciones entre la salida de las limpiadoras y el periodo anterior al descubrimiento del cadáver. Tal vez las grabaciones puedan aclarar algo. Pepa comenta que ella no puede ver todo lo que les ha suministrado el secretario y necesitaría alguna ayuda, pues también debe buscar por internet algunas pistas que podrían ayudar a entender todo este embrollo.

—Puedes dejar esas grabaciones en la jefatura —sugiere Arbués— para que las rastree Manolo, que estará más desocupado. Si te parece, nos retiramos en cuanto podamos y refrescamos las ideas, que yo por lo menos estoy ya un poco empanada.

—Me parece bien. Paso por jefatura y dejo las grabaciones, pero díselo tú a Manolo, que eres más jefa. Si te parece, prepara tú la estrategia para mañana y yo intento ver alguno de esos vídeos que nos han indicado.

—Vale, ya llamo. Hasta mañana, que descanses, Pepa.

—Hasta mañana. Nos vemos tempranito.

6

Alejados de la realidad

Tras llamar a la jefatura y hablar con Manolo, Minerva se dirige a su domicilio. Mientras conduce suena una canción de los Chunguitos:

Dame veneno que quiero morir,
dame venenooo…

Aparca y sube a casa. Su marido no ha llegado todavía. Decide darse una ducha caliente. Necesita relajarse y tener la cabeza despejada. Cuando termina, se pone el albornoz azul y blanco. Se prepara una cerveza en una copa y un bol pequeño con quicos. Se sienta en el sofá sobre su pierna izquierda, pensando en la noticia del *Eco*, en la directora, en las grabaciones, en el complejo perfil psicológico de la supuesta víctima… hasta que llega su marido. Se dan un beso en los labios.

—¿Qué tal te ha ido en tu día libre?

—Ja, me río del día libre. Me ha llamado el jefe en plena clase de yoga. Me ha guardado un posible homicidio en un instituto.

—¡No fastidies! Ya van varias veces este mes. Eres demasiado obediente, siempre pensando en lo que dirán de ti si te plantas y haces valer tus derechos. Pero vamos, tú sabrás lo que te corresponde y lo que no. Si decides hacer lo que te piden que hagas, no te quejes. Eso sí, ya saben bien a quién pedir las cosas del trabajo, ya.

—Sabes que no sé negarme en los asuntos importantes. Y ya no me importa, como pasaba hace tiempo, lo que puedan decir de mí, que he aprendido a relativizar, pero hay asuntos muy serios en los que mi conciencia me hace implicarme. Si confían en mí ciegamente, debo responder de una forma parecida.

—No te lo reprocho. Y seguro que lo vas a hacer muy bien. Eres la mejor.

—Por cierto, me ha hecho revivir mi pasado docente. Hablar con la directora, el secretario, la jefa de estudios… y los que me quedan. Y volver a vivir el ambiente de gente joven por los pasillos. Oír hablar de claustros, de las clases y todas aquellas cosas me han hecho sentirme cómoda en el entorno.

—Bueno, bueno, lo dejaste porque allí tenías tus quejas, que todo no era maravilloso, había algunos tipejos nefastos que te sacaban de tus casillas.

—Eso es cierto. Y puede que el difunto perteneciera a ese selecto grupo.

—Bueno, ¿y cómo ha muerto?

—Verás, es una situación muy rara. Parece una lapidación, pero yo creo que no lo es ni de coña. Yo creo que tendremos que buscar por el lado de la toxicología, pero a ver qué nos va diciendo Nicolás, que es el forense que lleva la autopsia.

—No fastidies, ¿Nicolás? ¡Os vais a juntar todos los exdocentes en el caso! ¡En torno a un homicidio en un instituto! Tiene su punto morboso. ¿Estás trabajando con alguien?

—Sí, estoy con Pepa.

—Eso ya me parece bien, que ella es más decidida que tú. Y os compensáis.

—Bueno, ya veremos lo que sale de todo esto. Si te parece, cenamos pronto, que estoy muy cansada y mañana tengo mucho que hacer.

Ambos salen hacia la cocina.

Dalila, la directora del instituto, llega a casa, donde le espera su hija adolescente, con los mismos ojos claros que ella y su melena castaño claro.

—Llevo un rato esperándote. Podías haber avisado de que llegabas tarde —dice la hija.

—Querida, no me toques las narices que llevo un día…

—Yo no tengo la culpa de que hayas tenido un día de mierda.

—No es de mierda, no. ¿Sabes que ha aparecido un muerto en mi instituto? ¿Y que ese muerto es un profesor? ¿Y que ese profesor es Guillermo Fernández Rufián? ¿Y que la responsable del centro soy yo?

—No jodas, tía. ¿Ese que te montaba cada pollo que para qué?

—El mismo. Y mira por dónde, como me acorraló un día, me ha montado pollos innumerables veces y me ha acusado de acoso laboral, resulta que soy sospechosa. ¡Y una de las principales!

—Pero tú no lo habrás matado o qué.

—Claro, ¿te crees que voy por ahí matando gente? ¿No te fastidia? No por falta de ganas, que me tenía hasta las narices. Aún no se sabe quién ha sido. Las dos polis que han venido a investigar me han preguntado mogollón de cosas. Yo creo que he respondido bien, pero aunque no me lo hayan dicho, soy sospechosa. Yo me consideraría sospechosa desde su punto de vista.

—Jo, tía, qué guay, con lo muermo que eres en casa. ¿Cuándo se sabrá quién ha sido?

—¿Te crees que esto es así de fácil o qué? Esto no va de que pasa una cosa y hala, ya está arreglada. Este ha sido porque se le nota en la cara. No, hija, hay que hacer análisis, la autopsia y creo que bastantes cosas más. Habrá que esperar unos días.

—Superfuerte, tía. A ver quién ha sido. ¿Habéis pensado en hacer una porra o algo así para ver quién descubre al asesino?

—Mira, niña, no enredes con estas cosas, que esto es muy serio. Hablando de otra cosa, ¿ya has hecho los deberes?

—No, pero los hago enseguida. Tengo que buscar un suceso para contarlo en clase. Y ¡ya lo tengo!

Pepa, tras dejarle las grabaciones a Manolo, sin observar ninguna muestra de alborozo por su parte, decide ir un rato a hacer *full-contact* y desfogarse. Al llegar a casa, se pone el pijama y se sirve una Coca-Cola Zero y unas almendras crudas, que tienen menos calorías y le encantan, mientras espera el momento adecuado de ver los vídeos que le han comentado. En el intervalo, suena el teléfono. Es su sobrino favorito, que le llama para contarle lo bien que le han ido las cosas en el colegio. Le dice al chiquillo que eso se merece una visita al parque de atracciones, lo que acuerdan hacer en cuanto sea posible. A continuación se pone su hermana:

—Hola, Pepa. Seguro que estás tú con el caso ese que han dicho en las noticias, el del profesor asesinado en un instituto.

—Bueno, no hagas caso de todo lo que se dice, y menos de lo que dicen en la prensa. Pero sí, estoy en ese asunto. Y es un lío majo. Yo creo que nada es lo que parece. Y hasta aquí puedo leer.

—¿Estás tú sola en el caso?

—No, no, estoy con Minerva, mi jefa. Por ese lado estoy contenta. Nos entendemos muy bien. Y como ella es más bien blandita, y yo soy más bien brutica, hacemos muy buen equipo, muy compensado.

—Bueno, pues a ver si lo podéis resolver pronto, que si no, los de la prensa y los políticos se os comerán.

—Lo intentaremos. Un beso.

—Tened cuidado.

Pepa decide ver los vídeos y preparar un informe al respecto. Al ver las características del personaje, decide hacer también una búsqueda por otras redes sociales. Envía su informe a Minerva por correo electrónico antes de acostarse, a las 23:45 h:

Información general recopilada en las redes sociales sobre Guillermo Fernández Rufián:

1. Se trata de un individuo que intenta demostrar su faceta de deportista, saliendo ataviado con ropa deportiva en numerosas publicaciones virtuales, como atleta, como ciclista o practicando otras actividades, sin encontrar evidencias de sus logros en esas facetas.

2. Parece haber estado relacionado con organizaciones deportivas hasta épocas muy recientes.

3. Se han revisado algunos vídeos a los que se ha hecho referencia en el curso de las investigaciones, destacando tres de ellos:

a) En uno de ellos aparecen un trío de personajes adultos con disfraces que recuerdan a los personajes de las cruzadas, que impiden el paso por un puente de madera a los chavales, que podrían ser de 2.° ESO por la edad. Uno de los adultos lleva la cara descubierta y coincide con el aspecto del investigado. El sonido es ininteligible, pero en la breve duración del vídeo, los tres adultos arremeten gritando y blandiendo espadas de madera contra una masa de chiquillos que parecen querer cruzar el puente. El vídeo se corta y en la reanudación parecen negociar, en el marco de un juego, el paso por el puente.

b) En el segundo vídeo, abre la puerta de un aula un personaje que parece el investigado, un individuo muy alto, vestido de personaje de la Guerra de la Independencia. Tras abroncar a los alumnos, que no se ven en ningún momento, lanza la siguiente perorata: «… Yo soy José, perdón, soy Napoleón I, el primer emperador de Francia, de la nueva república francesa (sic). El hombre que ha cambiado la historia y que ha extendido la democracia y la libertad por toda Europa (sic)…». Tras esta presentación —poco exhaustiva, desde una opinión no muy versada como la mía, para un profesor de historia—, saluda de forma teatral, quitándose el bicornio y haciendo reverencias. Toda la grabación es una demostración de un histrionismo desmesurado.

c) Otro vídeo que se ha visualizado muestra al Sr. Fernández en el despacho de lo que parece su domicilio. Muestra fotos de la mesa y objetos personales como pueda hacer un rey o presidente del gobierno en sus mensajes a la nación. Se dirige urbi et orbi, con aire de gran autoridad, al comienzo de la última pandemia. Aconseja, con condescendencia, que hay que parar, que todos deben frenar y relajarse y no ser tan exigentes, que hay mucho estrés. Dice diversas obviedades mientras la cámara oscila lentamente como si estuviera en un barco, pero parece hecha en tierra firme.

d) Otras grabaciones son menos relevantes, pues destacan siempre aspectos grandilocuentes y, en apariencia, alejados de la realidad.

Pepa Setefilla

MIÉRCOLES

7

No dude en contárnoslo

Nada más levantarse, Minerva ve dos correos. El de Pepa, recibido a las 23,45 h y el segundo es de las 3,00 a. m., remitido por Manolo, que tiene más interés operativo:

Querida Minerva:

Siguiendo tu petición y tus instrucciones, he procedido a revisar las apasionantes grabaciones de las cámaras del instituto. Según mi fino olfato policial, a continuación paso a detallarte los momentos más interesantes en los que creo que deberíais indagar por haber detectado en ellos aspectos que pudieran ser relevantes para la investigación:

-Cámara 1 (parece la zona de conserjería y la entrada a un pasillo de la planta baja):

A partir de las 20:30 h del lunes se puede ver en varias oca-siones a un individuo adulto que va vestido con lo que parece una bata blanca de la que cuelga a la espalda una capucha oscura que parece de una sudadera o algo así. El citado individuo sale y entra cinco veces con una bolsa de deporte que parece vacía al salir y llena al entrar. Las entradas y salidas coinciden con momentos en los que un individuo que parece el conserje está apoyado con los glúteos en el radiador y los brazos cruzados. Todo parece indicar que está dormido. El mismo individuo de la capucha sale por última vez a las 21:25 h realizando gestos que denotan que no desea ser visto.

Al día siguiente se ve todo el batiburrillo de la entrada de alumnos y profesores. Luego se queda tranquilo.

-Cámara 2: Capta imágenes de la entrada al instituto. En ellas se puede ver al mismo individuo entrando y saliendo tal y como se ha descrito para la cámara número 1.

8:35 h del martes. En las cámaras 1 y 2 se observa que llega un individuo cuya descripción coincide con la del finado. Llega una vez ha entrado todo el mundo. En la cámara 1 se observa que discute con una mujer, que parece ordenarle algo y luego el mismo individuo se dirige hacia una escalera, subiendo por ella con visible contrariedad…

El mismo individuo aparece en la grabación, saliendo del centro a las 9:30 h y vuelve diez minutos después con una bolsa de plástico que parece de la compra. He ido un poco más allá del encargo recibido y he podido comprobar que la bolsa es compatible con las de una cadena de supermercados que hay en las inmediaciones del instituto.

A las 10:32 h se ve entrar a nuestros chicos en el instituto dejando el zeta cerca de la puerta (mal aparcado por cierto). Supongo que a atender el embolado.

-Cámara 3: Parece dispuesta en una zona lateral del centro y muestra una valla que da sobre el río. Permite ver, entre otras cosas, un estrecho y corto corredor que hay entre el instituto y la valla exterior.

A las 11:10 h se ve a un adulto que se comporta no sé si como un espía o como un gilipollas —va mirando a uno y otro lado y caminando de puntillas— que avanza por el corredor. Se para. Mira hacia el edificio (probablemente haya una ventana). Unos segundos después, se retira y agita la mano como quien dice «hostia, lo que ha pasado» y se marcha corriendo. Unos metros más adelante se frena en seco, saca un teléfono y habla con alguien con una gesticulación exagerada.

Si necesitáis alguna otra cosa de mí, ya sabéis dónde estoy.

Manolo

A las 8:20 h, las dos policías se encuentran en la puerta del instituto, donde hay un sinfín de alumnos esperando la hora de entrada y profesores que van entrando. Unos lo hacen de forma más apresurada que otros. Algunos, alumnos y profesores, remolonean con las últimas caladas del cigarrillo o comentando cuestiones cotidianas.

En la entrada saludan a las conserjes y a la jefa de estudios. La conserje de la coleta blanca —se llama Marisa—, quien las recibió ayer, les dice que tendría que hablar con ellas cuando sea posible. Setefilla le indica que cuando tenga un momento la buscará. Se dirigen a hablar con la directora, que está en su despacho, esta vez con las luces encendidas, pues aún no es del todo de día.

Llaman a la puerta, aunque está entreabierta. La directora les invita a entrar y tomar asiento. Les ofrece un café que es aceptado por ambas.

—Buenos días —comienza Dalila—, quería comentarles que dentro de un rato vendrá nuestra inspectora de educación, que ha tenido a bien pasar, en un día tan señalado como hoy —comenta con mal disimulado sarcasmo—, por nuestro centro. Supongo que será para estar al día de lo sucedido y mostrar su inequívoco apoyo a la Comunidad Educativa de nuestro centro por tan sensible pérdida y esas cosas que se dicen.

—Ya nos avisará, por favor, cuando llegue. Nos gustaría hablar con ella —le responde Arbués—, pero queríamos también hablar con usted para aclarar algunas cuestiones.

—Estaré encantada de atenderlas, pero debo controlar que la entrada se produce de la forma correcta. Aunque está la jefa de estudios, hoy falta una media docena de profesores y debo supervisar que todo esté controlado.

—Muy bien, pero le ruego que vuelva lo antes posible.

Pepa y Minerva, con la mirada, comparten su extrañeza por la forma de actuar de la directora. Deciden que continúe Minerva con ella y Pepa vaya a buscar otros testimonios o pruebas. Tras sonar un timbre muy desagradable, cinco minutos después, vuelve la directora, dispuesta a hablar:

—Todo controlado. Estoy a su disposición.

—Hemos tenido conocimiento —indica Arbués— de que el señor Fernández había interpuesto contra usted una demanda por acoso laboral. ¿Qué puede contarme sobre ese particular?

—Buah, yo pensaba que eso ya estaba finiquitado.

—Es posible, lo ignoro, pero podría ser un móvil para actuar contra el denunciante y reforzar las sospechas contra usted.

—¿Sospechosa yo? ¡Lo que soy es una víctima! —exclama indignada.

—Bueno, eso habrá que verificarlo. Por favor, cuénteme esa historia del acoso.

Dalila comienza a relatar que unos meses atrás, en el transcurso de una sesión de claustro, Fernández anunció que había presentado una denuncia por acoso laboral a la Dirección del centro. Aunque algunos le preguntaron por quiénes eran los denunciados y los motivos, él se negó a dar más información, arguyendo que ya se enterarían.

—A partir de ese momento —continúa Dalila—, un grupo de unos sesenta profesores preparó un documento de queja, redactado de forma muy impersonal, muy ligerita, sin dar nombres, que denunciaba el ambiente irrespirable en el centro. Se remitió a la administración educativa, creyendo que serviría de denuncia contra Fernández y sus seguidores, pero los jefes hicieron caso omiso, que si se hubiese acusado a alguien de manera nominal, habrían podido intervenir, pero no había sido así y no podían actuar. Lo normal en inspección, que nada altere la plácida rutina.

Guerrero continúa su relato explicando que finalizado el curso le llegó una citación para comparecer como acusada ante la comisión que investigaba la denuncia contra la Dirección del centro realizada por Fernández. Que la convocaron para comparecer a comienzos de septiembre. Y lo mismo la jefa de estudios. En la convocatoria no decía nada sobre los hechos que se les atribuían, ni de qué forma podían preparar sus declaraciones para poder rebatir aquello de lo que se las acusara. Comenta que, tras el disgusto inicial, en un verano horrible, recopilaron pruebas que demostraran su inocencia. Esto era el mundo al revés. ¡Tenían que demostrar su inocencia!

La inspectora Arbués manifiesta su asombro y le pregunta a la directora por quién puso en marcha ese procedimiento.

Dalila le explica que el procedimiento se había puesto en marcha por el denominado Departamento de Prevención de Riesgos y resultaba al menos curioso, pues unas denunciadas, que no sabían de qué se las acusaba, y podían ser sancionadas por una falta muy grave desconocida para ellas y debían esperar dos meses sin saber nada hasta comparecer ante una comisión de la que ignoraban todo para declarar no se sabía qué. Continúa explicando que la comisión estaba formada por cinco personas y desde su posición parecía una especie de Tribunal Supremo chungo. En esos momentos le dijeron que era ella la encausada, que su compañera era una simple testigo. Comenzaron a preguntarle, respondiendo a todo y aportando datos y pruebas que había recopilado durante el verano. ¡Para demostrar su inocencia!, cuando el que realmente acosaba a cuantos tenía alrededor, y más si eran mujeres, era él.

Continúa Guerrero su relato explicando que tras más de dos horas de declaración sobre situaciones, en su opinión irrelevantes, los comisionados parecían convencidos de su inocencia, lamentando no poder adelantarle nada, pues su propuesta —cuyas conclusiones no podían anticipar— se dirigía a más altas instancias y estas eran las que tenían que resolver sobre el supuesto acoso laboral. Finalizaron agradeciendo su disposición para esclarecer la situación.

Arbués no sale de su asombro y le pregunta sobre la finalización del episodio.

La directora, finalizando, cuenta que se despidió de la comisión sin saber cuándo se produciría la resolución, ni tener clara la impresión sobre el impacto causado por su intervención. Dos meses después llegó una notificación en la que se declaraba la inexistencia de acoso y se archivaban las actuaciones a la vista de las conclusiones de la comisión, seguido de unas recomendaciones y propuestas pueriles.

—Como puede comprobar, inspectora, tras una mala temporada, ya no tengo móvil adicional para asesinar a nadie.

—Tiene motivos para haberlo pasado mal, sí —interviene Arbués—, pero debe comprender que por muy convincente que haya sido su relato, no podemos excluir todavía ninguna hipótesis. Nosotras somos profesionales y sabemos que lo que debemos probar es la culpabilidad.

En ese momento, suena el teléfono. Dalila lo atiende. La inspectora del centro acaba de llegar. Le ruega a Arbués que espere unos momentos, que saldrá a recibirla y la conducirá al despacho.

Pepa, mientras tanto, ha buscado a la conserje, Marisa. De forma muy confidencial, simulando un paseo por los pasillos, le entrega un folio doblado en cuatro a la subinspectora. Le indica que ha llegado a sus manos una especie de panfleto que estaba en la sala de profesores:

Érase una vez una gran comunidad en la que había todo tipo de individuos. Había hormigas y abejas muy trabajadoras y constantes, había cigarras hedonistas, había depredadores insaciables, también carroñeros aprovechados, gallinas ponedoras y otras que picaban los huevos ajenos, gallos muy ufanos, camaleones, castores que creaban auténticas obras de ingeniería, al igual que algunas cigüeñas, y había primates (uy, casi se me escapa monos) muy graciosos que ejecutaban acrobacias increíbles y avestruces que escondían la cabeza ante cualquier amenaza. Había parásitos y parasitados, como en todas las comunidades.

Había también algún búho (maldita sea, no hay femenino), con una increíble capacidad de observación e inteligencia para interpretar lo observado. Había serpientes sinuosas que atacaban sigilosamente, algún lince viejo sin olfato, algún pavo real con dificultades para recoger su cola, alguna cacatúa que repetía lo mismo sin cesar, y muchos, muchos más. Pero todo esto entraba dentro de lo normal.

Había también algunos elementos muy singulares, que no se dignaban ni a saludar a los demás, pues consideraban que todos los otros eran vulgares, corrientes y molientes y ellos se veían muy superiores. Uno era un mulo, al que llamaban Benito, que era capaz de decir en la misma frase una cosa y su contraria y, terco como los de su condición, era incapaz de atender a razones y normas. Otro era un cerdo, que decía llamarse Emmanuel —pero era más Manolo—, del que no se sabía si se revolcaba en el fango o el fango era atraído por él. Tenía la rara habilidad de recitar largas peroratas en las que no se distinguía el principio del fin, haciendo alarde de principios éticos que era absolutamente incapaz de poner en práctica. Otro ejemplar curioso era un buey, que se creía de Kobe pero no lo era. Le llamaban N (seguramente por Narciso o Napoleón). La envergadura de sus cuernos le impedía penetrar en cualquier espacio de dimensiones razonables o acercarse al resto sin hacer daño. También estaba en el selecto grupo Hades, un topo con gran capacidad para excavar galerías, lástima que no conducían a ninguna parte y se hundían justo después de terminarlas. Ellos no lo sabían, pero eran aprendices de demagogo y torpes en el uso de sofismas, lo que empeoraba las dificultades que les generaban sus especiales cualidades para lograr acercarse a los demás.

Nuestros «tres mosqueteros» compartían el sueño de montar un circo donde el resto de la comunidad actuara según sus designios. Soñaban que todos los demás realizasen acrobacias, retos inverosímiles, ocurrencias sin freno y otras situaciones ridículas y actuasen a la mayor gloria de unos próceres tan, tan especiales.

Estaban seguros de lograr su sueño, pues ¡quién iba a osar oponerse a unas mentes tan privilegiadas! Soñaban con beneficios de todo tipo, prestigio, poder, dinero (o lo que manejen los animales) que llegarían sin límites gracias a su inteligentísimo plan.

De repente, despertaron.

Y toda la comunidad estaba compuesta por seres humanos y… ¡solo ellos eran animales!

Cualquier parecido con la realidad ¿es pura coincidencia?

Pepito Grillo

—Gracias, Marisa. ¿Qué cree que quiere decir este texto?

—No soy una experta, pero me parece que intenta describir la situación del instituto. Por eso al verlo he pensado que podría ayudarles en la investigación.

—¿Usted identifica a alguien en concreto?¿Alguno de esos cuatro animales con nombre?

—No, no estoy segura. Puede ser que alguno me encaje personalmente, pero no le puedo asegurar nada. Tenga en cuenta que nosotras, las conserjes, vemos muchas cosas, pero no siempre tenemos toda la información para poder interpretarlas. Deberá preguntar a las jefas, que lo sabrán mejor que yo.

—¿Quién podría ser Pepito Grillo?

—Aparte del animalito que va con Pinocho, no sabría qué decirle.

—Bueno, seguiré preguntando por si nos permite aclarar algo. Muchas gracias, Marisa. Y si ven cualquier cosa interesante, no dude en contárnoslo.

8

¡Qué bueno es tener amigos!

Cuando llegan Dalila y la inspectora educativa, la primera hace las presentaciones:

—Inspectora Arbués, le presento a nuestra inspectora de educación, Circuncisión Pérez Gamarusa.

Se trata de una mujer de unos cincuenta años, alta, delgada, de aspecto amable y vestida de manera juvenil.

—Encantada —saluda Circuncisión, extendiendo una mano blanda y fría, que estrecha Arbués con firmeza.

—Es lamentable conocerse en las actuales circunstancias —comenta Arbués—, pero me gustaría hacerle algunas preguntas sobre los antecedentes de lo sucedido ayer.

—Estoy a su disposición, aunque lo que sé lo he conocido por la prensa.

—¿Era usted conocedora del ambiente, digamos, enrarecido que había y hay en el centro?

—Sabía de algunas tiranteces. A raíz de incorporarme a esta comunidad educativa para actuar como supervisora y asesora en lo pedagógico, tuve ocasión de conocer algo la historia reciente del centro.

—¿Pudo averiguar algo relevante, relacionado con el caso que nos ocupa?

—Pues quizás, no estoy segura. Miré la documentación de mis antecesores en la inspección, pues los últimos tres habían reflejado algunos incidentes.

—¿Qué tipo de incidentes?

—Pues verá, cada uno tenía los suyos. El primero elaboró un expediente muy amplio en el que se recogían de forma minuciosa algunas faltas de diversa consideración del difunto Fernández. Algunas de esas actuaciones irregulares estaban avaladas por varios profesores, además de por el equipo directivo. Se inició el expediente, se comunicaron los cargos al implicado y este presentó sus alegaciones. Misteriosamente, ahí acabó el expediente.

—Curioso. ¿Y con el siguiente inspector?

—Pues hay documentadas una serie de visitas motivadas por la petición del director del momento. El inspector acudió, tras quejas de los alumnos, porque un profesor, repleto de chulería, que, incumpliendo su propia programación, impedía durante casi un trimestre acceder a sus alumnos al laboratorio, donde trabajaba con dos o tres de ellos que eran los únicos que habían aprobado un examen que él se inventó y era condición *sine qua non* para acceder al laboratorio. El resto de alumnado quedaba abandonado a su suerte mientras atendía a esos dos o tres «privilegiados». Se intervino desde el centro a todos los niveles, pero la inspección no consideró oportuno actuar en contra del causante del problema, que no volvió al centro, pero continuó en otros, con una tónica similar.

En ese mismo curso hubo una profesora expedientada, por su actuación en otro instituto. Se la suspendió de empleo y sueldo durante un año. Pero lo recurrió y al volver de las vacaciones de

Navidad, el juzgado ordenó su reincorporación por no haber realizado bien, la administración educativa, los trámites oportunos.

—Desde luego, la efectividad no es el fuerte de la organización —apostilla Arbués—. ¿Y qué pasó con el siguiente?

—Mi antecesor, a raíz de un escrito de un profesor a la inspección en el que se denunciaba a sí mismo por no cumplir con su programación, intervino en el problema. Habló con el denunciante, quien enseguida dijo que su denuncia estaba equivocada, que la retiraba. Que él lo hacía todo bien. El inspector pidió más información, se entrevistó con varias personas, entre ellas el jefe del departamento y este también incurría en importantes incumplimientos de sus funciones (actas inexistentes, no realizar seguimiento de las programaciones, no plantear medidas correctoras cuando algo no estaba bien…), al que se le exigió aclarar y, en su caso, rectificar las anomalías detectadas. Casualmente, o no, este jefe de departamento era Fernández. El inspector inició algunas actuaciones, pero se interrumpieron coincidiendo con algunos problemas de salud. Y se quedaron sin finalizar.

—Parece que haya algo misterioso en torno a los conflictos en este centro. ¿O es en todos similar? Todos se quedan sin resolver. ¿Hay alguna mano oculta que dirija algunas actuaciones?

—Eso lo desconozco. Este es mi primer año en la inspección. Lo que sí me han recomendado mis compañeros veteranos es que procure no meterme en líos, que siga su ejemplo. Y menos aún si no lo puedo resolver. Que esa es una consigna no escrita desde tiempos inmemoriales.

—¿Y usted ha tenido que intervenir en alguna ocasión en este curso?

—Verá, he recibido un montón de acusaciones de Fernández contra todo el mundo, pero sobre todo contra las componentes del equipo directivo. La inmensa mayoría eran descabelladas, sin fundamento alguno. Denunciaba irregularidades en todas las actuaciones administrativas, espionajes contra él por parte de todo quisqui, amenazas *sui generis*… La realidad es que parecía buscar el conflicto. En algunas ocasiones abroncaba a compañeros y, más aún, a compañeras cuando le indicaban que tenía que hacer alguna guardia o cosas así. En una ocasión casi lo pude comprobar, pues llegué un poco después de la bronca. La directora me lo contó y decidí afearle su conducta. Dalila me ofreció hablar con la compañera que se llevó la bronca, pero no me pareció necesario. Y hablé con Fernández aquí en este despacho. Ordené salir a la directora para no cohibir a nadie y le dije cuatro cosas.

—Ya, y así quedó todo, supongo —sigue Arbués—. Pues la verdad, hay cosas que me cuesta comprender. Serán especificidades profesionales, pero parecen actuaciones no muy afortunadas. ¿Tiene que añadir algo más?

—Hace unas semanas recibí un escrito firmado por un grupo numeroso de docentes que planteaban su malestar por el enrarecimiento del ambiente en el centro, que atribuían a un grupo de personas sin dar ningún nombre, remitiendo a actas o documentos similares. Consultado con mis superiores, me dijeron que eso no tenía valor alguno al no ser una denuncia explícita contra nadie al no figurar nombre y apellidos de la persona o personas denunciadas.

—No logro comprender la supuesta lógica de la organización, pero le ruego que continúe.

—En otra de mis visitas —afirma Pérez—, quise entrevistarme con él y no se encontraba en el centro en su horario de trabajo. Lo buscamos por todas partes, le enviamos mensajes y nada, no estaba. Se inició un procedimiento para la deducción de haberes, que aún no ha concluido. Finalmente, presentó una denuncia por acoso laboral contra la Dirección del centro que hubo que investigar.

—Ya se lo he contado —interviene Dalila.

—¿Puede añadir alguna otra información relevante? —pregunta Arbués a la inspectora Pérez.

—No, nada más, ya sabe que llevo poco tiempo. ¿Tardarán mucho en finalizar la investigación?

—Pues esperamos terminarlo lo antes posible, pero no le puedo dar plazos. Eso sí, le aseguro que la investigación finalizará con el esclarecimiento de los hechos. El resultado final, como en la mayoría de nuestras intervenciones, no tendrá marcha atrás y supondrá poner a los culpables en manos de la justicia, si logramos identificarlos. Muchas gracias por su información.

Minerva y Pepa se citan por WhatsApp para seguir avanzando en las actuaciones. Deciden acudir al patio de recreo, teniendo en cuenta lo benigno del tiempo pese a encontrarse en pleno otoño.

Al llegar a él ven que en el otro extremo hay un grupo en clase de Educación Física. Deben ser de un curso inicial, pues las chicas parecen las madres de los chicos. Están practicando carrera de velocidad.

Se sientan en una de las mesas de merendero repartidas por el patio. Pepa le muestra el pasquín de los animales. Minerva le cuenta la entrevista con la inspectora. Pepa comenta que lo que resulta extraño es que no haya habido muertos antes con todo lo que se va viendo. Minerva se confiesa anonadada por la incompetencia de la Administración educativa.

Pepa se va a encargar de buscar alguna relación, si la hay, entre el escrito y el caso investigado y hablará con el secretario para identificar a los personajes que aparecen en las grabaciones de las cámaras del centro.

Suena el móvil de Minerva. Comisario. 10:10 h.

—Hola, Minerva, ¿qué tal vais?

—Hola, jefe. Aquí estamos. Ya he hablado con la inspectora del centro. La verdad es que es lamentable cómo está la Administración educativa. Nadie se moja en nada, nadie se implica en los problemas reales, todo es escurrir el bulto y evitar complicarse la vida, sin notar o sin querer notar la podredumbre que ellos mismos cultivan.

—Pues lamento decirte que hay quien está muy preocupado. No sé si por la educación —que creo que no— o por el esclarecimiento de los hechos evitando cualquier tipo de salpicadura. Me ha llamado la delegada del Gobierno. Que le había dado un toque el Consejero de Educación interesándose por el tema. Que como ya ha trascendido a los medios… que a ver si lo resolvemos pronto… que es un asunto que tiene gravemente trastornada la convivencia en el marco educativo y que supone una agresión intolerable a las profesoras y profesores y su autoridad, bla, bla, bla…

—Ya tardaba. Aquí hay cierta inquietud, pero también percibo una sensación de alivio, como si se hubiesen quitado un peso de encima. Todavía hay cosas que no sabemos, pero a cada rato nos surge una sorpresa que da una nueva vuelta al caso. Ya vamos comprobando que esto venía de lejos.

—Bueno, Minerva, ya he cumplido con lo que me han encomendado los políticos. Ya me irás contando. Si necesitáis algo, me decís.

—Sí, claro, de momento seguimos buscando a los de las grabaciones y a ver qué sale en la autopsia, que me ha adelantado Nicolás que no es lo que parece, pero no tiene datos concluyentes. Si te necesitamos te lo diremos. Ya sabes que no nos cortamos si nos haces falta.

Pepa encuentra al secretario en su despacho. Saluda y le pregunta si tiene un momento para intentar identificar a las personas que aparecen en las grabaciones. Pepa le indica las cámaras que hay que analizar y las horas aproximadas de acuerdo con lo que ha revisado Manolo.

—Pues verá, el tipo que entra y sale varias veces por la tarde llevando una bolsa es Julián Barluenga. Es un profesor de ciencias naturales que sabe un montón, en especial de setas. A veces nos trae para hacer degustaciones… Y con unos torreznillos están de miedo…

—Le agradezco la explicación de los detalles gastronómicos, pero vamos a seguir con la identificación de los demás personajes, sin desbarrar demasiado, por favor. ¿Y el individuo apoyado en el radiador?

—Disculpe. Ah, ese es Emilio, un conserje. Es también sacristán de una iglesia del barrio. Se pone así muchas veces y da una cabezadita.

—No sé si tiene claro lo que nos interesa identificar. Vaya al grano, por favor. ¿Qué pasa a la mañana siguiente?

—El que entra por la mañana, discute con Constanza y una hora más tarde sale y vuelve con una bolsa es Fernández, el muerto. Así se puede ver bien claro cómo llegaba tarde y tenía tan mal genio…

—Le ruego que se centre en lo que hablamos.

—Perdone, perdone. El otro, el que va mirando como si fuera un espía es el idiota de Artero, que no puede ser más tonto. Un día vino y…

—Perdone que le corte, ahora ahora tengo que ir a hablar con los que todavía pueden hacerlo. Pero también quería enseñarle esto.

Le muestra el escrito de Pepito Grillo, que Ceferino lee deprisa.

—Sí —afirma Cefe—, esto circula desde hace quince o veinte días.

—¿Los personajes que se citan con nombre son personas del centro?

—Bueno, no lo pone en ningún sitio, pero yo sí que los veo. El buey sería Fernández, con esos cuernos que se quedan pequeños, el mulo está claro, es Benito Cabezudo, el cerdo no me cabe duda de que es Diógenes Tirado, el de filosofía, y el topo, Artero, el de la grabación.

—¿Tenían relación estrecha entre sí?

—Ya lo creo que sí, siempre estaban murmurando por los pasillos. Se callaban cuando alguien pasaba cerca. Como en las películas. Y estoy seguro de que en esos apartes se organizaban para fastidiar y organizar las broncas en las reuniones repartiéndose los papeles que, bueno, eran siempre los mismos. Uno atacaba y los otros secundaban los ataques o preparaban el ambiente para que Fernández interviniera en la traca final.

—¿Sabe quién podría ser Pepito Grillo?

—Pues eso no lo sé, pero podría ser cualquiera. Ya sabe que un grupo grande de personas firmaron una queja. Podría ser cualquiera. O alguien que no hubiera firmado, pero que lleve aquí unos cuantos meses podría haberlo escrito. Es todo tan evidente…

—Muchas gracias, Ceferino, por su ayuda.

—Gracias a usted. A ver si pueden aclarar esto lo antes posible.

Minerva telefonea al juzgado para informar a la juez del curso de las investigaciones. Le responde la secretaria judicial que su señoría ha tenido que ausentarse, pues tenía cita para ponerse las vacunas de la gripe y la COVID. No sabe cuándo volverá, pero le dirá que se ponga en contacto con ella. «¿Angüés era, verdad?» —le pregunta. Minerva la corrige de forma educada: Arbués.

La inspectora aprovecha el momento de tranquilidad para llamar al forense:

—Hola, Nicolás. ¿Tienes algo nuevo que contarme?

—Hola, Minerva. He terminado con la autopsia macroscópica y ahora me faltan análisis toxicológicos y algunas cosas más, que ya sabes que estas cosas no van de un rato.

—¿Me puedes adelantar algo?

—Pues sí, que el tipo tiene reventado el corazón, un infarto bestial. Pero también he encontrado algunas cosas muy raras en el contenido gástrico sobre las que no me atrevo a especular. De lo que no me cabe duda es que lo de las piedras no tiene nada que ver con la muerte, son lesiones muy superficiales, con mínimas hemorragias, lo que querría decir que cuando le tiraron algunas piedras quizás aún no había fallecido, pero le quedaba un soplo de vida.

—Jobar, me dejas desconcertada. O sea, que deberíamos pensar en algo que le hubieran dado por vía oral. Teniendo en cuenta lo del infarto, ¿en qué deberíamos pensar o qué deberíamos buscar?

—No puedo pronunciarme. Tanto podría ser algo espontáneo como consecuencia de alguna sustancia. No nos queda otra que esperar.

—Vale, pues muchas gracias, Nicolás, seguiremos hablando.

—Claro, cuando quieras. Si puedes tomar un café, igual dentro de un rato tenemos algo más y podríamos hablar tranquilamente. Ya sabes que en estas cosas no se sabe cuándo puedes tener un resultado concluyente. Y que hay cosas que no deben hablarse por teléfono.

—¡Qué bueno es tener amigos!

9

Un poco de presión

Aparece una nueva nota en *El Eco de Augusta*:

*NOVEDADES EN EL CASO
DEL PROFESOR ASESINADO*

*La lentitud en las investigaciones indigna
a la Comunidad Educativa*

Tras un día entero desde la primicia ofrecida en este medio, seguimos sin noticias de la investigación. La policía no ha tenido a bien darnos su visión del caso pese a la enorme inquietud que esta situación está generando en todo el sector educativo, incluidas las máximas autoridades.

Fuentes bien informadas han hecho saber a este periódico que hay un sospechoso de organizar la lapidación. Desde hacía algún tiempo circulaba un documento por el instituto en el que se instaba, de forma más o menos encubierta y jocosa, a actuar contra varios miembros de la comunidad educativa.

En ese documento, firmado por Pepito Grillo —evidentemente un nombre figurado— se sugiere la necesidad de actuar contra varios miembros de la comunidad, varios profesores de trayectoria ejemplar que siempre se han caracterizado por su compromiso con la innova-

ción y las nuevas líneas pedagógicas que proponen los expertos en la materia.

No podemos tolerar ni un minuto más la impunidad de un salvaje crimen como el que se ha perpetrado. Cada minuto que pasa, se corre el riesgo de que haya algún nuevo crimen contra alguno de los amenazados. Todas las sospechas se centran en J. B. B., una persona muy agresiva y malintencionada que se ha visto envuelta en numerosas y acaloradas discusiones con el fallecido. (…)

Dimas Quero Sobaberas
El Eco de Augusta

La inspectora lee la noticia con estupefacción nada contenida. Es una novedad que la prensa —mejor dicho, el tabloide de Dimas Quero— tenga acceso a detalles tan concretos de los hechos como el escrito de Pepito Grillo y haga una interpretación tan *sui generis*. Y le resulta intolerable y muy peligroso que pretendan condicionar la investigación y presentar sospechosos sin fundamento alguno.

Se dirige hacia el despacho de la directora para que le ayude a localizar a los personajes que aparecen en las grabaciones. La directora consulta la libreta de los horarios. Le indica que Barluenga tiene guardia en estos momentos. Si no tiene que cubrir ausencias, podrá encontrarlo, como de costumbre, en la sala de profesores.

Arbués y la directora se dirigen allí y encuentran a tres profesores sentados en torno a la mesa. Uno de ellos es Barluenga. Es un individuo fornido, no muy alto, con un semblante endurecido por sus ojos saltones enrojecidos. Su indumentaria no ha superado una mínima evaluación estética.

—Buenos días. Soy la inspectora Arbués —Muestra su placa—. Estoy al cargo de la investigación sobre la muerte del señor Fernández. Señor Barluenga, le ruego que me dedique unos minutos. Vamos a la sala de visitas y podemos hablar allí en privado.

—Enseguida estoy con usted. Si me permite, iré antes al servicio.

La inspectora va hacia el lugar indicado. Mientras espera, Barluenga, de forma sigilosa, se dirige hacia la salida. Comprueba que la puerta exterior del instituto está abierta y sale a toda velocidad.

La subinspectora, que se encontraba en las inmediaciones de la conserjería, observa la salida de Barluenga y sale a la carrera tras él. El fugitivo, a toda velocidad, cruza la parte peatonal de la calle. En la zona abierta al tráfico, logra esquivar un par de coches que frenan bruscamente. Él tiene que reducir su velocidad. Setefilla consigue acortar la distancia con el prófugo. Le echa el alto. Él hace caso omiso. Al llegar a una avenida cercana, el tráfico es intenso. Barluenga se arriesga a cruzar a la carrera. Frenan varios coches, atraviesa los dos carriles de un sentido. En el cuarto carril, en el otro sentido, un coche golpea al fugitivo. Cae de forma aparatosa. Se levanta renqueante. Apenas puede moverse. La subinspectora lo alcanza. Lo inmoviliza en el suelo y le pone las esposas con las manos a la espalda.

Poco después llega la inspectora, que ha pedido refuerzos. Ayuda a Pepa a levantarlo. Comprueba que puede hacerlo y no parece tener lesiones de importancia.

—¿Por qué ha huido? Esto no hace nada más que empeorar las cosas ante una sospecha de homicidio.

—Yo no he hecho nada. Me he marchado porque me he visto amenazado por la nueva noticia del *Eco*, en la que me dan como responsable, con mis iniciales, sin prueba alguna.

—Bueno, eso ya lo veremos. Usted mismo se ha dado por aludido y ha salido corriendo. De momento, por su resistencia a la autoridad, queda detenido. Le conduciremos a la jefatura y lo interrogamos allí.

Llega el coche de policía que ha acudido a la llamada. Introducen al detenido, sujetándole la cabeza con cuidado para que no se golpee en el marco de la puerta, y se lo llevan al calabozo. Será Pepa la que vaya a interrogar al detenido, mientras Minerva continúa en el instituto con otras actuaciones.

Arbués regresa al instituto. La directora espera junto a la puerta de entrada, alertada por las conserjes de lo sucedido. Minerva le indica que han detenido al fugitivo. Lo interrogarán en la jefatura de policía. La directora se lamenta porque supone la falta de otro profesor más, pero sigue dispuesta a colaborar. La inspectora le indica que querría hablar con Artero, otra de las personas identificadas en las grabaciones.

Al preguntar en conserjería, les indican que lo han visto pasar hacia el otro edificio, donde se encuentra su departamento. Se dirigen hacia el lugar. Guerrero le indica a Arbués que Artero es un personaje muy cercano a Fernández. Una persona bastante explosiva, con escaso control sobre sus actos. Y que no cree que le guste ser interrogado. Minerva le responde que ella no está allí por su gusto, sino para intentar aclarar una muerte. Y que si tiene que emplear métodos coactivos no dudará en utilizarlos.

Llegan al edificio y, en el segundo piso, encuentran a Artero en su departamento, solo. Es un individuo de estatura mediana, con aspecto de progre de salón, con ropa informal nada casual y una cuidada barbita de pocos días.

—Señor Artero, soy la inspectora Arbués y estoy a cargo de la investigación que se desarrolla por los sucesos de ayer por la mañana. Necesito hablar con usted.

—Pues yo no tengo nada que decir. Nada más que han matado a uno de mis mejores amigos. Y que soy inocente de lo que haya podido pasar.

—Eso lo estamos investigando, pero hay algunas cuestiones que debe aclararme.

—No tengo nada que aclarar. Yo soy otra víctima de esa gentuza.

—¿De qué gentuza habla?

—De los que han apedreado a Guillermo.

—¿Cómo sabe que lo apedrearon?

—Es lo que se ha oído por todas partes. Y ha salido en la prensa.

—Le veo informado. ¿Qué hacía usted ayer hacia las 10:30 h?

—Yo, nada. Estaba en clase.

—¿Está seguro de lo que dice?

—Sé muy bien cuándo y con quién tengo clase.

—Entonces le tendré que preguntar si tiene un hermano gemelo que estaba a esa hora en el patio al lado de la valla exterior del centro, la que da sobre el río, moviéndose de forma sigilosa, como si fuera a cometer un acto delictivo. Comprenda que no me invento las cosas.

—Oiga, que yo no he matado a nadie. Oí jaleo por allí, estaba de guardia y fui a ver lo que ocurría.

—¿En qué quedamos, en clase o de guardia? ¿Qué es lo que vio?

—Debía ser una guardia, tendría que comprobarlo. Vi que en la entrada de los baños había policías, que había un cuerpo en el suelo que parecía el de Guillermo y muchas piedras alrededor de él. Estaba claro que lo habían lapidado. Y me retiré de allí inmediatamente.

—Mientras se retiraba del lugar, llamó por teléfono. ¿A quién? ¿Para qué?

—No consiento que me espíen. No declararé, pues no estoy obligado a ello.

—De momento no le estoy acusando de nada, estoy hablando con usted e intentando aclarar algunas cuestiones. Pero si lo prefiere, le interrogamos en la comisaría por su presunto encubrimiento de un homicidio.

—Yo no encubría nada —solloza Artero—. Estaba intentando contribuir a aclarar lo que pasaba.

—Teniendo tan buena voluntad, ¿por qué no se ha dirigido a las responsables de la investigación?

—Aquí mucha gente me persigue. Me odian por ser joven y estar muy bien preparado, por tener mi plaza en propiedad y ser, además, amigo de Guillermo. Seguro que querrían hacerme algo malo a mí también.

—¿A quién telefoneó?

—A un amigo.

—¿Quién es ese amigo? —Arbués se enfurece.

—Un compañero de estudios.

—¿Y qué coño iba a contarle a su compañero de estudios? —La inspectora frunce el ceño harta de que un niñato le tome el pelo.

—Que habían matado a Guillermo.

—Y eso ¿qué le importaba a su amigo?

—Que así él podía disponer de la información.

—¿Para qué cojones quería la información? —Arbués aprieta los dientes.

—Para que pudiera dar la primicia —Artero se derrumba—. Es periodista y está empezando a progresar. Una noticia así le podría ayudar.

—¡Acabáramos! ¿Ese amigo es Dimas Quero Sobaberas?

—Sí, ¿ya lo conoce?

—Eso no viene al caso. ¿Fue usted la fuente del propio centro que indica en su artículo?

—Supongo que sí, pero no lo puedo asegurar.

—Mire que podemos pedir la intervención de su teléfono. Estas estupideces están entorpeciendo nuestro trabajo y sembrando la alarma en la gente. Y señalar un culpable sin pruebas es muy serio.

—Está bien. Yo le di las informaciones que salieron en la primera noticia.

—¿También le pasó el escrito firmado por Pepito Grillo?

—Sí, también se lo pasé. Creo necesario hacer todo lo posible para esclarecer un crimen tan horrible.

—O sea que la segunda noticia, también es obra suya.

—La información se la proporcioné yo.

—Le ruego que deje de hacer tonterías. Aclarar este asunto es nuestra competencia. Déjelo a los profesionales y no se dedique a torpedear nuestra investigación. Si vuelve a meterse en lo que no debe, se las va a ver con una acusación por entorpecer la acción de la autoridad. ¡Y no le hablo en broma!

Tras abandonar la inspectora el departamento, Artero telefonea al *Eco*:

—Hola, Dimas.

—Arturo, ¡qué sorpresa! ¿Qué más tienes que contarme?

—Pues que estoy bastante jodido. Ha venido la inspectora nosequé a interrogarme sobre las informaciones que te he ido pasando. Y debe estar la cosa regular, que estaba muy tensa y amenazando con acusarme de no sé cuántas cosas por obstrucción a la autoridad, alarma social y acusación falsa.

—Bueno, Arturito, tranquilo. Ya sabes que no haces nada malo. Esto es la libertad de información. Y eso es inviolable. Además, ya sabes que en la segunda noticia hay más fuentes de información. Y algunas vienen de muy arriba.

—Sí, pero tú no te has visto en el apuro. Y ellos tampoco.

—Vale, no te agobies. Lo que hemos ido publicando, ¿sigues asegurándolo como válido? Ya sabes, lapidación, presunto instigador y esas cosas.

—Yo creo que sigue todo igual. A ver de qué más me entero.

—Arturito, no me seas nenaza. No te vayas a acojonar por un poco de presión.

10

Volveremos a vernos

Minerva le pide a la directora que le indique las personas que podrían haber estado en la sala de profesores con Fernández cuando este se dirigió al servicio. La directora le indica que va a mirar quiénes tenían guardia a esa hora. No obstante, le propone correr discretamente la voz, pues podría haber otros profesores que se encontrasen allí por tener tareas complementarias. Arbués le da su aprobación.

Guerrero informa que de los cuatro profesores de guardia, dos estaban cubriendo ausencias de otros colegas. Por lo tanto, aparte de Fernández, solo quedaba de guardia otra profesora, Nati Morata, interina de Matemáticas. Van a avisarla para que se entreviste con la inspectora.

En la espera, la directora le anticipa a Minerva que la entrevista será complicadilla por la timidez extrema de la profesora.

Se hacen las presentaciones y se retiran a la sala de visitas adyacente al despacho de la directora. Es una mujer muy joven, delgada, con rostro angelical, ojos muy claros que no aguantan la mirada, melena castaña y un semblante rubicundo causado, sin duda, por la entrevista.

—Creo que usted estaba de guardia a segunda hora el pasado martes. ¿Es correcto?

—Sí.

—¿Había más personas en la sala de profesores?

—Sí.

—¿Cuántas personas estaban allí?

—Cuatro.

—¿Recuerda quiénes eran los otros tres?

—Sí.

—¿Podría recordar los nombres?

—Sí.

—¿Sería tan amable de identificar a los tres? —Arbués cambia la forma de preguntar.

—Sí. Uno era el muerto. Otro era Barluenga. Y la otra era la profesora de Música, que no sé cómo se llama.

—Gracias por la información. ¿Pudo observar algo que se saliera de lo normal y explicármelo si así fue?

—No, yo estaba corrigiendo tareas. No miraba a los demás. Fernández se fue un momento y volvió con una bolsa. También sacó un café de la máquina. Y poco después se fue al baño y no lo vi más.

—¿Notó que ocurriera algo entre Fernández y las otras dos personas?

—No.

—Muchas gracias por su colaboración.

—De nada.

Se marcha la profesora y Arbués vuelve a buscar a Guerrero.

—¿Qué tal con Nati? —pregunta Dalila.

—Uf, es duro interrogar a alguien así, pero he conseguido sacarle quién se encontraba en la sala con ella y con Fernández. Uno es Barluenga, el fugitivo que está detenido y al que interrogará mi compañera. Me ha dicho que la otra persona que estaba allí era la profesora de Música y no recordaba el nombre.

—Es Ana Belén Guerra. Ella será más explícita en sus intervenciones. Se la voy a presentar.

Llega la docente. Se presenta la inspectora y se dirigen a la sala de visitas. Es una mujer de cincuenta y tantos, con aspecto juvenil, melena pelirroja sujeta en una coleta y una cara llena de pecas que difuminan sus ojos oscuros. Sus rasgos son agradables.

—Creo que usted se encontraba en la sala de profesores el pasado martes a segunda hora.

—Así es, tenía hora de atención a familias y estaba allí esperando posibles llamadas.

—¿Había más personas en el lugar?

—Estaban Fernández y Barluenga. Como siempre, lanzándose miradas de odio. El ambiente se podía cortar. Estaba también una chica nueva, que debe ser muda o algo así.

—¿Pudo observar algo anómalo antes de que Fernández abandonara la sala?

—La abandonó dos veces. Antes de salir la primera vez, estaba muy agitado y bostezaba continuamente. Sin taparse la boca ni nada, demostrando lo cerdo que era. Se fue sin decir nada. Volvió unos minutos después con una bolsa del súper. Sacó un café de la máquina y, mientras se realizaba la operación, cogió una lata de bebida energética de la bolsa y se la bebió de un trago, haciendo alarde de su guarrería. Cogió el café y lo puso en la mesa. Siguió dando vueltas a sus papeles. Cuando salió la segunda vez, ya no volvió.

—¿Barluenga seguía en la sala?

—Sí, seguían con sus rollos. Yo no soporto a ninguno, siempre con sus broncas. Uno era un impresentable y el otro un imbécil arrogante. Así que procuraba pasar de ellos. Y de casi todo, que estoy al límite con toda la mierda que nos tenemos que tragar.

—La enemistad entre ellos ya venía de lejos, tengo entendido.

—Buah. Barluenga estuvo recogiendo firmas hace algún tiempo para denunciar la actitud del otro y sus compinches. Y al otro no le sentó muy bien a pesar de todo lo que ha estado haciéndonos a casi todos. Desprecios, ataques, faltas de la educación más elemental…

—¿Usted firmó la denuncia?

—Sí, pero ya sabía que tal como estaba planteada no serviría para nada. No se nombraba a nadie de forma clara. Todo eran insinuaciones.

—Entiendo sus sentimientos y su malestar, pero le ruego que intente recordar si vio algo más que pueda ser relevante.

—Hubo algo que me pareció raro. Fernández dejó su café en la mesa y se fue a tirar la lata al contenedor de reciclaje, que para eso sí que era políticamente correcto. En ese momento, Barluenga, que estaba de pie, pasó al lado del café y me pareció que tocaba algo. Pero pensé que eran imaginaciones mías, pues no le iba a echar el azúcar para tener un detalle con él. Ahora, si se trataba de envenenarlo, no sé yo…

—¿No puede asegurar que le echara algo en el café?

—No, no lo aseguro. Ya le digo que me pareció. Fernández se tomó el café y poco después fue cuando, tambaleándose, salió para no volver.

—¿Barluenga hizo algo más?

—Salió poco después de Fernández y ya no volví a verlo.

—Muchas gracias por su testimonio.

Pepa se dirige en su coche a la jefatura. Piensa en el interrogatorio de Barluenga. Pone música. Suena *Salir*, de Extremoduro:

Para algunos, vivir es galopar por un camino empedrado de horas, minutos y segundos.
Yo más humilde soy y solo quiero que la ola que surge del último suspiro de un segundo, me transporte mecido hasta el siguiente.

Al llegar, se dirige al despacho del comisario para informarle del desarrollo de la investigación, los últimos incidentes y el intento de huida de Barluenga. El comisario le da ánimos para seguir y le transmite la importancia de resolver el caso y hacerlo lo antes posible, pues ya hay demasiada gente presionando, y no pueden permitirse ningún error.

La subinspectora va a la sala de interrogatorios. Barluenga está sentado a un lado de la mesa, sobre una silla, con los brazos en la espalda, sujetas las muñecas por las esposas. Tras saludar, Setefilla enciende el flexo, fijo en la parte lateral de la mesa. Le quita los grilletes al detenido y se sienta en la silla dispuesta frente a él.

—Ya sabe que puede llamar a un abogado o podemos pedir uno de oficio.

—No necesito nada, yo no he hecho nada.

—¿De qué escapaba?

—Seguro que me quieren cargar el muerto.

—Si sale huyendo cuando se intenta hablar con usted, y se investiga un presunto homicidio, lo más lógico es pensar que tenga algo que ver en ello.

—Pero yo no lo maté.

—Vamos desde el principio —La subinspectora, para contenerse, se clava las uñas en las palmas de las manos—. Parece ser que la enemistad entre usted y el señor Fernández venía de muy atrás y que habían protagonizado sonoros enfrentamientos.

—Eso es cierto. Yo, como tantos otros, estaba harto de este tipejo que siempre estaba atacando, faltando, acusando de todo a todo el mundo, con esos aires de superioridad. Pero no por eso tenía que matarlo. Aunque debo reconocer que no volver a verlo, me alegra.

—¿Qué hacía usted en el instituto a última hora de la tarde del lunes?

—Pues qué voy a hacer en mi centro de trabajo, ¡trabajar!

—Voy a preguntar de otra manera, pero me joden los listillos. ¿Qué llevaba en la bolsa de deporte cuando entró y salió del centro en varias ocasiones?

—Ya le he dicho, y lo repito, que trabajaba. Hicimos una excursión con los alumnos el viernes, recogimos plantas y preparaba materiales para plantarlas o presentarlas y hacer una exposición en el instituto.

—¿Qué materiales eran esos?

—Los que cogí el lunes eran fundamentalmente piedras.

—¿Dónde las dejó y por qué?

—Las pensaba dejar en el baño, pero al ver el armario de la limpieza medio vacío pensé que era mejor dejarlas allí, que molestaban menos.

—El baño no es muy buen sitio para trabajar, pero ¡en fin! ¿Cuándo iba a hacer los trabajos para la exposición?

—A lo largo de la semana.

—En la excursión ¿recogieron algo más que plantas?

—Sí, también setas que fuimos clasificando. Les retiraba las peligrosas a los alumnos.

—¿Es usted experto en micología?

—Es una de mis aficiones. Creo que tengo un cierto nivel. Y sé trabajar con los hongos.

Setefilla recibe un mensaje de Arbués para que la llame. Interrumpe el interrogatorio. Va a su mesa de trabajo, le comenta a Minerva el talante arrogante del sospechoso y esta le explica que, al parecer, Barluenga fue el promotor de la recogida de firmas contra Fernández. También le indica que un testigo indica que pudo verter algo en el vaso de café del fallecido antes de que hiciera su último viaje al retrete. Y le confirma que ambos, sospechoso y finado, mantenían una relación tormentosa desde hace tiempo.

Pepa le agradece la información y le comenta que el interrogatorio va a ser complicado, dada la altanería del sujeto. Vuelve a la sala de interrogatorios.

—¿Por dónde íbamos? —continúa la subinspectora—. Ah, sí, por las setas. Imagino que conocerá sus características, su toxicidad, sus propiedades, sus productos derivados…

—Modestia aparte, conozco muy bien ese «cuarto reino».

—De las setas que recogieron los alumnos ¿había de algún tipo en mayor cantidad?

—Sí, claro. Ya puede imaginar que a los chavales les llama mucho la atención la llamada seta de los enanitos, con su color rojo y sus motas blancas, la Amanita muscaria. Les retiré las que habían recogido. Ya sabían ellos que eran peligrosas.

—Seguramente serán mortales.

—No, no, salvo en altas dosis. Los cuadros que producen son reversibles habitualmente, pero suponen una mala experiencia transitoria.

—Volvamos a lo que nos ocupa. Hace algún tiempo hubo un escrito colectivo que manifestaba la disconformidad de un grupo de profesores con las actitudes de Fernández y algunos colegas. ¿Intervino usted en la gestación y desarrollo de esta protesta?

—Yo fui uno de los impulsores, pero se descafeinó mucho. Ya sabe, la gente tiene miedo a identificar a los que intimidan y a llamar a las cosas por su nombre cuando tienen que firmar.

—¿Creía usted que el descontento pudiera desembocar en una venganza colectiva?

—No la entiendo.

—Por ejemplo, que como consecuencia de una protesta colectiva se acabase en una lapidación…

—Yo no descartaría nada, que la gente estaba muy harta.

—Claro, y usted facilitó las piedras.

—Ya le he dicho para qué las tenía. Si se utilizaron para otra cosa, no tengo nada que ver.

—¿Había previsto alguna circunstancia que pudiera facilitar una lapidación? Me explico, que la víctima sufriera un desvanecimiento y facilitase una acción colectiva. Por las buenas nadie se deja lapidar.

—Le repito que yo no he hecho nada.

—¿Está usted seguro de que no administró nada a Fernández para tumbarlo?

—Me estoy hartando de sus estúpidas insinuaciones. Déjeme en paz.

—Está bien, en vista de su actitud le voy a dejar un rato para reflexionar en el calabozo. Si cambia de opinión, avise y hablamos. Volveremos a vernos.

11

En cuanto sea posible

La juez Alcázar telefonea a la inspectora Arbués. Le ruega que la disculpe por no haberla atendido antes. Desea ser informada de la evolución del caso. La inspectora le explica que hay un detenido por haber intentado eludir una entrevista con ella huyendo a la carrera. Que hay sospechas sobre su posible implicación en el caso. La juez, tras conocer la identidad del detenido, le recuerda que deberá tener presente que si necesita prolongar la detención o si es preciso intervenir el teléfono del detenido o registrar su domicilio será necesaria una buena justificación y que supone que la tiene, lo que parece una invitación a solicitarlo. Arbués le responde que no le gusta recurrir a esas medidas, pero una autorización para registrar la casa por si encuentran sustancias tóxicas podría ser interesante. La juez, sin apenas presión, accede a emitir la orden de registro. La enviará por correo electrónico para ganar tiempo.

Respecto a la autopsia pendiente, informa a la juez de que tiene pendiente contactar con el forense, pero que la investigación tiene varias actuaciones en marcha.

La inspectora se dirige a realizar el registro. En el camino llama a la jefatura para pedir que alguien la acompañe. Se ofrece Manolo para desplazarse hasta la casa de Barluenga.

Al llegar ambos, llaman al telefonillo. Responde una mujer, indicando que los señoritos no están en casa. Al identificarse como policías, les abre la puerta. Llegan al piso y la mucama les indica que los señores le han insistido en que no quieren que nadie entre en la casa. La inspectora le indica que a ellos tampoco les gusta esta actividad, pero deben realizarla por una orden de la juez. La muestra. La empleada de hogar les contesta que la vecina del piso de abajo es juez y que ella no sabía que esas cosas las hacían los jueces, pero que la vecina de abajo se quejó hace unos días del ruido que hacían los señores.

Pasan al interior de la casa, que es espaciosa, al menos de cinco habitaciones. Comienzan una inspección visual por ellas. En la puerta de una, la limpiadora les indica que el señor no deja que se entre allí, que es el despacho. Sin hacer caso de la prohibición, entran. En él hay una gran librería con ejemplares muy variados, entre ellos una amplia sección de micología. Hay una mesa con muchos papeles con anotaciones manuscritas. Entre ellos encuentran varios ejemplares de *Amanita muscaria*, en distinto grado de desecación, y varios tubitos, como los contenedores de orina, en los que hay un polvillo grisáceo en cantidades variables y con distintas tonalidades. Cogen tres de ellos para analizar. Dan por finalizado el registro, rebajando la inquietud de la mucama.

Al llegar al portal, Manolo tiene una intuición. Mira los buzones y encuentra que la vecina del piso inferior al que han registrado es… ¡la juez Alcázar!

Entregan las muestras recogidas en el laboratorio, donde les indican que, con la información suministrada, podrán obtener resultados con rapidez. Manolo cordinará la recepción de los resultados.

Minerva se dirige a la jefatura para verse con Pepa antes de finalizar la jornada.

En la radio del coche suena *Here comes the sun,* de The Beatles:

> *Little darling*
> *I feel that ice is slowly melting little darling*
> *It seems like years since it's been clear*

Cuando llega a la jefatura, Pepa la espera para intercambiar información.

—Menudo borrego es el tal Barluenga —cuenta Pepa—. Lo definiría como un imbécil arrogante.

—Oye, ¿tú te has puesto de acuerdo con alguien o qué? La profesora que estaba con ellos dos en la sala de profesores lo definió así.

—Es que hay gente que no admite pluralidad de interpretaciones sobre su forma de ser. —Se ríen ambas.

—Para que lo sepas, Pepa. Manolo y yo hemos hecho un registro de la casa de Barluenga.

—¿Así, a la brava? ¡Pues buena se va a poner su señoría la juez!

—No, sorprendentemente, casi ha ofrecido ella que hiciésemos el registro. Hemos encontrado varias *Amanitas muscaria,* de las venenosas, y frasquitos con polvillo que parecía proceder de ellas. Los están estudiando. Nos dirán en cuanto esté. ¡Ah!, cotilleo, su señoría es la vecina de debajo del piso de Barluenga.

—¡No jodas, tía! No ganamos para sorpresas. A saber lo que hará el capullo este para molestarla. Cualquier cosa. Serán muy ruidosos follando…

—Hala, mira que eres bruta —la corta.

—No, de eso nada. Te recuerdo que soy farmacéutica. Y uno de los efectos de la muscarina, el alcaloide de esas setas, aparte de aumentar todas las secreciones corporales, es que favorece la erección. En todo este mundo de los tóxicos hay mucho pirado.

—Y que lo digas. ¿Tú qué tal, Pepa?

—Pues el borrego este lo niega todo y encima va de sobrado. Que no necesita abogado, dice. Lo tengo a la sombra a ver si recapacita.

—No le quedará otra según lo que salga en los análisis de la científica. Y lo que diga la autopsia. Nicolás no se atreve a aventurar nada. Solo lo del infarto masivo y no está confirmado.

Al final de la mañana, Dalila vuelve a su despacho después de su clase. En la puerta se encuentra un comité de bienvenida un tanto peculiar. Allí están Benito Cabezudo, Arancha Poyatos, Diógenes Tirado, Arturo Artero y otro individuo desconocido para la directora, quien, mentalmente, visualiza la silueta del mulo, el cerdo y el topo del relato apócrifo.

—Dalila —la interpela Cabezudo—, tenemos que hablar contigo.

—Me parece muy bien, pero no tengo por qué hablar con un desconocido.

—Si te refieres a la persona que nos acompaña, es un periodista que está estudiando lo que ocurre. Es Dimas Quero, del *Eco*…

—No hace falta que sigas. Con personas del centro siempre estoy dispuesta a hablar, pero no con periodistas. Y menos de un asunto que está siendo investigado por la policía. Bastante mierda ha metido ya. Señor Quero, le invito a abandonar el centro como la máxima autoridad que soy. Si desea saber más cosas, diríjase a la policía. Tal vez allí le puedan dar más información.

—Está bien —responde el periodista—, está impidiendo el ejercicio de la libertad de información. Me marcho, pero tendrá noticias mías.

—Me encantará recibirlas si son buenas. Adiós, señor Quero. Ya sabe por dónde ha entrado. La salida está en el mismo sitio.

El periodista se marcha muy contrariado.

—¿Seguís queriendo hablar conmigo? —pregunta la directora.

—Por supuesto —responde Cabezudo—. Y ahora más que nunca.

La directora les ofrece entrar al despacho. Rechazan la propuesta alegando que todo debe hacerse con total transparencia, a la vista de todos y todas.

—¿Quién va a hablar? —pregunta la directora con visible gesto de enfado.

—Cualquiera —sigue Cabezudo—. Las personas aquí presentes, representando a una multitud de compañeros del centro, hemos venido a exigirte que convoques un claustro extraordinario para debatir la situación actual y depurar las responsabilidades derivadas del asesinato de nuestro querido compañero y excelente profesional ¡en su propio centro de trabajo!

—Mirad, no quiero ser incorrecta, pero creo que estáis meando fuera del tiesto. Estamos ante una situación muy grave. La policía y el juzgado están haciendo averiguaciones. Ni siquiera las personas que están al cargo de la investigación se atreven a emitir ninguna hipótesis. Y venís aquí exigiendo algo que escapa de nuestra competencia. Por favor, dejad de decir chorradas y vamos a esperar a que se resuelva el caso.

—Estás incumpliendo un imperativo moral categórico —interviene Diógenes— como es el deber de infundir tranquilidad en la comunidad educativa ante una situación extrema. Deberías asumir tu responsabilidad o, en caso contrario, presentar tu dimisión.

—Vamos a ver —sigue Dalila—. Si no lo entiendo mal, estáis cogiendo el rábano por las hojas y me estáis diciendo que, ante un suceso extraordinariamente grave que está en manos de la policía, tengamos un debate sosegado sobre lo mal que hago todo, sobre lo listos y comprometidos que sois vosotros, sobre lo facha que yo soy y que vosotros sois los auténticos progresistas, adalides de la inclusión y el futuro de los alumnos, a los que no conocéis, pero sabéis mejor que yo qué hay que hacer con ellos y con toda la comunidad.

—Lo has entendido perfectamente —apostilla Artero.

—Pues mirad, compañeros y compañera, no se trata de lo que queráis, sino de la forma correcta de actuar en este caso. No es una competencia nuestra. Si os empeñáis en el postureo de convocar un claustro, que sería un paripé para dar caña sin tregua al equipo directivo, seguid el procedimiento establecido. Conseguid las firmas necesarias. Necesitaréis treinta y cuatro, mirad si lo tengo claro. Mientras tanto, no tengo nada más que decir.

Minerva ha telefoneado, tras el registro, a Nicolás Eguren, el forense que está trabajando en el caso. Quedan a tomar un café, como hacen de vez en cuando para mantener una amistad consolidada algunos años atrás.

Cuando ella llega a la cafetería ubicada frente al Instituto de Medicina Legal, en una amplia avenida, él se levanta de su asiento. Se saludan con un abrazo fraternal. Nicolás es bastante mayor que Minerva, está próximo a la jubilación, pero entre ellos se estableció hace tiempo una sintonía muy especial. Entre sus miradas circula un flujo intenso, de muchos megabytes por segundo, que cualquiera puede percibir. No necesitan hablar para entenderse.

—Tenemos un asunto compartido interesante —afirma él.

—Es un caso muy raro. Y hay algo que no acabo de ver. Me parecen pistas inconexas, pero tiene que haber algo entre ellas. Vengo de registrar la casa del detenido y hemos recogido algunas muestras sospechosas y varios ejemplares de *Amanita muscaria* en distinto grado de secado. En el laboratorio de la científica dicen que las podrán tipificar enseguida. Nos dirán en cuanto esté el resultado. ¿Has encontrado tú algo?

—Estamos en ello. Ya sabes que los análisis que hacemos llevan su tiempo, que no son como los de la tele. Y si hay que buscar tóxicos, hay que ir descartando, que no podemos hacerlo todo a la vez.

—¿Qué estáis analizando?

—Pues mira, lo macroscópico ya está, lo microscópico aún no, pero me juego un par de sexenios a que es un infarto masivo de miocardio, con rotura cardiaca. Y he mandado analizar la sangre, la orina y el contenido gástrico, que tenía una pinta rara y su color y olor no eran los habituales.

—Esto también te lo quería contar. Parece que alguien, quizás el detenido, puso algo en un vaso de café de máquina del fallecido. Lo que encajaría con lo que hemos encontrado. Y casi a la vez se tomó una bebida energética con ansia viva. Dicen que estaba alteradillo y bostezando, por si te sirve.

—A mí no me ha bostezado —Sonríe Nicolás—. Pero mira, me viene bien lo que me cuentas para ir centrando las pesquisas. Yo creo que podemos ir más hacia los excitantes que hacia los relajantes. Pero ese infartazo lo ha podido causar cualquier cosa.

—Ya me dirás en cuanto tengas algo, que tenemos un gilipollas detenido. Salió corriendo para no hablar conmigo. No contaba con el estado de forma de Pepa y la colaboración inestimable de algunos conductores anónimos.

—¿Qué tal tu regreso al ámbito educativo? —pregunta Nicolás—. Yo guardo muy buen recuerdo, sobre todo de los compañeros tan majos que tuvimos, que eran la mayoría. Muy currantes, que daban el callo sin esperar recompensa alguna.

—A mí me pasa lo mismo —continúa Minerva—, guardo muy buen recuerdo de muchas situaciones que afrontamos juntos. Lo que he encontrado ahora, en cambio, no me ha gustado nada. Hay allí un ambiente tenso, en el que todo puede ser malinterpretado. Da la sensación de que hay una panda de tipejos que son maestros del escaqueo. Y viven a costa del resto. Se permiten el lujo de criticar todo sin hacer nada. O es la impresión que he sacado.

—¿No interviene la inspección educativa, a la que tanto teme mucha gente?

—Esos son peores. No se han mojado, ni se mojan, ni se mojarán. Tienen una habilidad para escurrir el bulto… Soy incapaz de repetirte la entrevista con la inspectora del centro. ¡Qué tía más incompetente!

—No sé ahora, pero en nuestra época los inspectores estaban muy polarizados —interviene Nicolás—. Si mandaban los de un lado, los del otro se dedicaban a poner trabas. Y cuando era al revés se invertían las tornas. Eso sí, trabajando poco, unos y otros, para dedicarse con intensidad a las conjuras palaciegas.

—Yo creo que sigue siendo similar. Para organizar la educación, en cada cambio de gobierno mandan a todos los que sean sospechosos de no seguir el mismo rollo, o la mayoría, a casa. ¡Que tengo que colocar a los míos!, parece que se trata de la consigna no escrita.

—Y así siempre, con gente aficionada, sin profesionales. Aunque sean buenos en lo suyo, no saben nada de planificación estratégica, ni de la administración, ni de gestión de personas. Y eso conduce a una pérdida de tiempo y recursos por parte de todos y a generar un desánimo en quien, como el profesorado, está perplejo por las torpezas que debe soportar un día sí y otro, también.

—Por lo poco que he percibido —sigue Minerva—, la tónica sigue muy parecida. Al que trabaja bien, premio, más trabajo. Y los jetas cobran lo mismo a final de mes aunque no den palo al agua.

—Qué razón tienes, Minerva, eso era y es lamentable. Me acuerdo de aquellos casos clamorosos que conocimos. La Pepita Perales aquella, o la otra a la que llamábamos la Marquesa…, que se tiraban meses o años enteros de baja y cogían el alta en el verano. Y si «trabajaban», generaban más faena en forma de irregularidades, reclamaciones y demás. Y allí no pasaba nada.

—Pues sí, Nicolás, se les consentían cosas indignas. Y mantenían todas sus prebendas de elección de horarios y todas esas historias que entonces nos parecían tan importantes.

—Supongo que aún continúan sin tener en cuenta en la selección de personal que están reclutando gente para mucho tiempo, incluso para toda la vida y que lo hacen para formar personas. Eso les importa un pito.

—Pues no lo puedo asegurar, pero por lo que oigo a amigos del gremio, la cosa está cada día peor, pues están llegando a la docencia algunos personajillos que no resistirían una mínima entrevista, pero como eso de conocer al personal antes de quedarte con la mercancía está tan mal visto…

—Ya, nos pasa en otros ámbitos, lo habrás comprobado, Minerva, en los que la gente está teóricamente muy seleccionada. Así que sin una selección seria, me puedo imaginar.

—No tenemos que ser derrotistas, que todo no es siempre malo.

—No, no siempre. De vez en cuando sale alguna Minerva que sube el nivel.

—Y algún Nicolás. Y algunos cuantos más.

—Bueno, maja, tendremos que volver al tajo, aunque por mi parte preferiría seguir hablando contigo.

—Yo también. Te cuento el resultado de la científica en cuanto lo tenga. Y me cuentas lo que tengas de la autopsia en cuanto sea posible.

JUEVES

12

Hablar con la prensa o con los jefes

Dalila espera a primera hora, con impaciencia, la llegada de la inspectora Arbués, tal como le anunció el día anterior por la tarde. La mañana está fresca. Como no hay calefacción en el instituto, la directora, entre el frío y los nervios, no para de frotarse y gesticular con las manos. La inspectora llega con la puntualidad que es norma de la casa. Aparenta tranquilidad y control.

—¡Cuánto me alegro de verla, inspectora! ¿Tenemos alguna novedad en la investigación?

—Lamento decirle que aún no tenemos datos concluyentes, pero no creo que tarden. Están poniendo todo de su parte tanto los compañeros de la policía científica como los forenses. Son unos excelentes profesionales.

—Quería informarle de que ayer vino a verme un comité autonombrado exigiendo la convocatoria de un claustro para debatir lo ocurrido, criticar al equipo directivo y demostrar lo *guais* que son algunas personas. Naturalmente, les dije que no procedía con unas actuaciones policiales en marcha. Pero insistirán. Y lo que me hizo alucinar es que viniera con ellos un periodista, el primero que sacó la noticia. Le hice salir por donde entró, pues no tiene nada que hacer en este centro educativo.

—Creo que ha hecho lo correcto —asegura la inspectora—, pero este individuo no se dará por vencido y removerá el cotarro.

Seguro que se dirige a esferas más altas en nombre de la libertad de expresión y otras milongas. Y esas esferas se pliegan a lo que sea por un titular favorable. Tenga cuidado, directora. ¿Sabemos algo de lo que estaba preparando Fernández cuando falleció? Parecía que era muy importante, trascendental, por lo que dicen algunas personas, como su viuda y el señor Cabezudo. Estuvo toda la noche preparándolo, según parece.

—Tenía que preparar algo, pero no sé qué era. Hace algún tiempo planteamos un protocolo para que las supuestas actividades de innovación lo fueran de verdad. Debía reflejar unos puntos básicos, sobre qué se va a hacer, qué relación tiene la actividad con la asignatura, cómo se va a evaluar para saber si ha servido para algo o no, y poca cosa más. Es muy simple para cualquier persona con dos dedos de frente. Así intentamos evitar que cualquier tontería que se le ocurra a algún iluminado, reciba la pompa que no merece. A Fernández y su camarilla esto no les gustó nada. Lo descalificaron sin leer siquiera el documento. Lo que suponga trabajar y hacerlo con rigor, no les va nada.

—Ya he podido ver que en las redes sociales hay unos enfrentamientos muy serios entre dos corrientes del profesorado que se descalifican mutuamente llamándose «profesaurios» y «pedabobos». ¿También se dan aquí?

—Sí, el tema está muy movido. Yo considero que los amiguetes de luto formarían parte del segundo colectivo. Ellos creo que me ubicarán en el primero. No me preocupa en absoluto.

Al terminar la entrevista con la directora, suena el teléfono de Minerva. Es el responsable del laboratorio de la policía científica. Le indica que han estado estudiando las huellas dactilares en los objetos de la escena del crimen y hay muy pocos resultados. Solamente hay algunas huellas que se vean claramente en cinco o seis piedras. En el resto, nada de interés. Esas huellas coinciden con las del detenido, el tal Barluenga. Respecto a los frasquitos, le aclara que han encontrado en todos ellos muscarina, el alcaloide típico de la «seta de los enanitos», la *Amanita muscaria*. El grado de pureza es bajo, aunque han encontrado una especie de gradación en los frascos, pues entre el de pureza más baja —un 20%— y el de mayor pureza —50 %— parece haber unos patrones intermedios. Al tener la información de que había setas en distinto grado de secado, cabría pensar que quien maneja el producto tiene importantes conocimientos de química y en función del secado, trituraría las setas obteniendo mayor pureza cuanto mayor sea su deshidratación. Y a la inversa. Minerva le indica que el detenido, que está siendo interrogado, es profesor de Ciencias Naturales, por lo que el supuesto que se plantea es coherente con la investigación. Le indica la inspectora que en la autopsia están trabajando también con la hipótesis de algún tóxico como causante de la muerte.

Mientras los profesionales trabajan desde una perspectiva científica, el *Eco* continúa con su particular campaña:

SIGUE SIN ACLARACIÓN EL ASESINATO
DEL INSTITUTO

La directora bloquea la investigación periodística e impide la
libertad de información a este medio que descubrió el pastel

En el día de ayer, este medio de comunicación, en la persona de este redactor, fue maltratado en el tristemente famoso IES Emilio del Río Rabanedo. Como hemos reflejado en los días anteriores, en el citado instituto se produjo un asesinato de uno de los más eminentes docentes que ha dado nuestra región. Fuentes bien informadas, aunque acosadas por la policía, han proporcionado datos relevantes a este portal informativo sobre lo sucedido. La policía no se ha dignado a dar ninguna información a este diario, alegando el secreto del sumario.

La situación que ha rebosado la paciencia de la prensa es la conducta de la directora del instituto que, ayer, expulsó del centro al redactor de este artículo, negándose a dar ninguna información sobre un tema de enorme relevancia social. Todo ello ante un «comité de sabios» formado por los profesores del centro más comprometidos con la educación, quienes solicitaban organizar un debate para esclarecer lo ocurrido. La directora —más adecuado sería el título de dictadora— se niega a avanzar en el esclarecimiento de los hechos. Tal vez sus oscuras intenciones busquen ocultar algo.

Hechos como este no pueden, ni deben, quedar impunes. Por ello, este medio denunciará el hecho ante las autoridades educativas y las que sean necesarias en defensa de la justicia y la libertad de información. (…)

Dimas Quero Sobaberas
El Eco de Augusta

La subinspectora Setefilla, tras ser informada por la inspectora de los resultados de las pesquisas de la policía científica, va a volver a interrogar a Barluenga antes de que haya transcurrido el periodo máximo de su detención para ponerlo, si procede, a disposición judicial. Pide que conduzcan al detenido a la sala de interrogatorios.

—¿Otra vez me traen a este cuartucho?

—Verá. La suite hoy la tenemos ocupada. Por eso estamos aquí. Y también porque para contar las cosas de verdad no hace falta ningún sitio mejor. ¿Ha recapacitado sobre lo de llamar a un abogado?

—No, de momento, no. Ya le dije que no he hecho nada.

—Eso lo veremos. Hemos registrado su casa y hemos encontrado algunas cosas que no vemos muy claras y podrían estar relacionadas con su compañero fallecido.

—¿Han registrado mi casa? Les denunciaré por abuso de poder y allanamiento de morada.

—¿Tú estás lelo o qué? Por supuesto que lo hemos hecho con una orden judicial. ¡No faltaría más!

—Exijo que me dejen libre, que yo no he hecho nada.

—Y si te cuento que hay testigos de que echaste algo en el vaso del fallecido, ¿qué me dices?

—Que lo habrá dicho alguien que me tiene manía. Algún amiguito del cabrón de Guillermo.

—Ya estamos con que si la abuela fuma. ¿Te crees que somos idiotas o qué? Sabemos muchas cosas de ti. Y algunas pueden comprometerte mucho.

—¿Me están espiando? Lo voy a denunciar. Tengo una vecina que es juez y me asesorará.

—Mira, ya estoy harta —dando un puñetazo en la mesa—. O nos aclaras de una puta vez lo que hacían los frasquitos y las setas en tu mesa y para qué los has empleado en este caso o te vas a ver en una situación muy jodida. Te voy a mandar otra vez al calabozo hasta que te llevemos ante la juez. Verás qué bonita sorpresa.

—Si les respondo, ¿me dejarán libre?

—Depende. Si lo que nos cuentas es verdad, te irá mejor. Si sigues fabulando y diciendo chorradas, igual no te va tan bien y la juez te manda a prisión preventiva por homicidio. Esas son las opciones.

El detenido se queda pensativo hasta que vuelve a hablar.

—Verá, yo soy profesor de Ciencias Naturales y soy muy aficionado al mundo de los hongos. Conozco bien muchos tipos de setas, sus propiedades, su toxicidad… Y hago mis experimentos en casa. Las trato de la manera adecuada e intento conocerlas mejor. En muchas ocasiones, si son poco tóxicas, las pruebo yo mismo para verificar sus efectos. Y eso es lo que tenía en casa. Setas en distinta fase de secado y polvo de las amanitas en cada una de ellas. El polvillo lo obtengo rallando las setas.

—¿Qué cojones haces con el polvillo? ¿Te chutas muscarina antes de echar un polvo o qué? Creo que con eso se folla escandalosamente. ¿Lo haces muy a menudo?

—Me está asustando. Eso no lo sabe nadie. ¿A usted qué le importa?

—Eso es lo que tú te crees, monín. Sabemos muchas cosas. A lo que estamos. ¿Le echaste muscarina en el café? —Setefilla da un empujón a su silla y sale despedida con un gran estruendo—. ¿Querías matar a Fernández o solo buscabas que se empalmara para chupársela?

—Me siento intimidado.

—¡Qué fina tienes la piel! Será por las setas… ¡Pues anda, que no te falta nada hasta que nos cuentes la verdad! Ampollas te van a salir.

Barluenga se queda cabizbajo durante unos minutos, mientras Setefilla sale, con visibles muestras de enfado, de la sala. Tras unos momentos de relax, la subinspectora regresa. Barluenga vuelve a levantar la vista con los ojos llorosos.

—Está bien, se lo contaré, subinspectora. Quería gastarle una putada al gilipollas ese. La muscarina provoca un aumento importante de la producción de secreciones corporales. Yo pensé ponerle una pequeña cantidad en el café para hacerle escarmentar. Y lo hice. Quería que tuviera durante unas horas esa sensación de borrachera muscarínica y se le pasara, que es lo más habitual. Pero no era una dosis letal ni mucho menos. Antes de que le hubiera podido hacer efecto, se levantó de golpe, salió tambaleándose y se fue al baño.

—Mira, listillo, no me vaciles que me tienes muy harta. ¿Cómo sabías tú que la dosis que le pusiste no era mortal?

—Le puse muy poca cantidad de polvo de amanita y era de baja pureza. Eso no mata a nadie.

—Salvo alergias a la muscarina, salvo que tuviera una sensibilidad especial para esa sustancia, alguna interacción con otros productos… Bueno, por lo menos ya salió el gracioso. Te felicito. Te vas a sentir aliviado al decir la verdad. ¿Te acuerdas del cuento del gusanillo de la conciencia?

—No me venga con cuentos. Con eso no lo maté.

—Y ahora me vas a explicar también el numerito de las piedras. ¿Qué cojones pinta la historia de las piedras en todo esto? ¿Tiene algo que ver con ese escrito de queja que firmó mucha gente y del que eras promotor?

—¿También saben eso?

—Insisto ¿tú estás lelo o qué? Somos la policía y nuestro trabajo es investigar y saber muchas cosas sobre los malos. Y por ahora, tú eres de los malos.

—Verá. Estamos muy hartos de este tipejo y sus compinches. Nos quejamos a nuestros jefes de forma documentada. No nos hicieron ni puñetero caso. Y el malestar lo comparte mucha gente. En un momento pensé que, relacionando la broma de la muscarina con el escrito colectivo, cuando se encontrase mal podríamos simular una lapidación con un muñeco que le representara y poner tantas piedras como firmantes del escrito. Así podría relacionar su estado y ver lo que le podría pasar. El muñeco estaba preparado en uno de los talleres del centro y lo pondríamos en algún sitio bien visible. Había varios compañeros que estaban de acuerdo, aunque ahora lo negarán.

—Al grano, que te estás saliendo por la tangente.

—Pues verá. Tras ponerle la muscarina, se bebió el café a toda prisa y pocos minutos después salió tambaleándose y se fue hacia el baño, como le he dicho. Preocupado le seguí y cuando llegué ya estaba en el suelo. Y parecía muerto. Así que, como no había nadie más de confianza por allí, me asusté pensando que me iban a culpar a mí y decidí ejecutar yo mismo la lapidación, para que pareciera algo colectivo.

—Claro, muy lógico. En vez de pedir ayuda para el que estaba en el suelo, lo apedreas y ya está.

—Salí de los aseos muy deprisa y me fui a mi departamento a pensar qué podía hacer. Poco después oí la sirena del coche de policía que llegaba al instituto, luego alguien ya había avisado.

—¡Por fin has contado una historia algo coherente! Ahora tendré que ponerte a disposición de la juez. Tras echar algo en el café de alguien, ese alguien acaba en la morgue, comprenderás que hay que encontrar las pruebas que nos lleven al culpable. Y tú, de momento, te has cruzado en ese camino. Eres el primero de la fila a la hora de nuestras sospechas.

Suena el teléfono de Minerva:

—Hola, Nicolás. ¿Ya tienes algo que contarnos?

—Sí, ya lo tengo casi todo. Te mando el informe preliminar por correo electrónico.

—¿Has encontrado alguna sorpresa?

—Bueno, todo es relativo. Lo de las piedras y la supuesta lapidación, como esperaba. La verdad es que era bastante chapucera.

—Sí, ya lo hablamos. Lo viste claro desde el primer momento.

—Ya lo leerás con tranquilidad, Minerva. Hay alguna cosa que tú sabrás mejor que yo. No sé qué pinta la muscarina en todo esto. Ni por qué tomó tantos cafés o lo que sea que tomara. Ya me contarás. Te dejo que me espera otro cliente silencioso.

—Muchas gracias, Nicolás. Hablamos. Por favor, envíaselo también a Pepa que estará con el detenido y al Comisario, por si considera oportuno hablar con la prensa o con los jefes.

13

Evitar los malos pensamientos

La inspectora abre el archivo que le ha enviado Nicolás Eguren, el médico forense:

INFORME PRELIMINAR DE AUTOPSIA
MÉDICO LEGAL

Lugar y fecha: Augusta, a xx de xxxxxx de 20XX
Hora: xx
Autoridad que lo ordena: Juzgado de Instrucción n.º 13.

1) Introducción

Este caso resulta engañoso al encontrarse varias sustancias en el cuerpo que pueden causar la muerte. A lo largo del informe se irán abordando los resultados de los estudios realizados. Los hallazgos que se detallan en el informe no pueden ser atribuidos a una causa de forma irrefutable. Para ello será necesario contrastar los resultados con la investigación policial.

2) Examen externo del cadáver

2.1. Lugar y posición del cadáver: el cadáver se ha ubicado en la mesa de autopsias de la sala número 1 del Instituto de Medicina Legal de Augusta. El cuerpo se ha colocado en decúbito supino, movilizándolo el personal auxiliar para las exploraciones visuales oportunas.

El cadáver conserva su vestimenta íntegra. Jersey de color azul, de cuello redondo. Por la parte superior asoma una camisa de cuadros multicolores. Pantalón vaquero azul, desteñido, con cinturón elástico de color rojo y azul. Calcetines de cuadros. Zapatos de tipo náutico, de color marrón. Slip con restos de orina y heces. Lentes correctoras con un cristal roto. Porta una alianza en el dedo anular derecho y un cordón con un amuleto colgado del cuello.

2.2. Datos de filiación: se trata de un varón de raza caucásica, de biotipo ectomorfo, de 1,88 metros de estatura, 75 kg de peso. Edad: 50 años y 7 meses, según la documentación personal que se nos ha aportado.

2.3. Hora de la muerte: por los signos hallados de lividez (livideces ligeras), rigidez (ligera rigidez), temperatura corporal (34 °C) y estado de hidratación (deshidratación discreta) se puede determinar que la hora aproximada de muerte fue, aproximadamente, las 10 a. m. del día del deceso.

2.4. Descripción por regiones: en la piel del cadáver se encuentran algunas contusiones en las partes descubiertas (cabeza y manos). Todas se consideran post mortem al no encontrarse hemorragias o ser estas mínimas. Las características de las lesiones son compatibles con los objetos contundentes encontrados en la escena del crimen (piedras de diversos tamaños). Alguna de ellas ha podido romper uno de los cristales de las lentes. En las partes cubiertas no se encuentran lesiones contusas compatibles con golpes debidos a impactos de las piedras que rodeaban al finado.

3) Descripción interna del cadáver
-<u>Cráneo</u>: No se encuentran signos relevantes en la exploración craneal, ni en las estructuras óseas ni en las encefálicas. Ya se han citado algunas contusiones cutáneas post mortem.

-Tórax: No se aprecian lesiones esqueléticas ni musculares. Tampoco se encuentran anomalías en las estructuras respiratorias.

En el corazón, desde el punto de vista macroscópico, se aprecia una necrosis masiva del miocardio con una rotura de 1 cm de diámetro en la parte anterior del ventrículo derecho, por la que parece haberse generado una hemorragia que ocupa la mayor parte del mediastino que, sin duda, comprometió el latido cardíaco hasta hacerlo imposible, con un cuadro probable de muerte súbita.

Se aprecian arterias coronarias con una reducción muy significativa de su calibre como consecuencia de la existencia de numerosas placas ateromatosas de larga evolución.

El análisis histopatológico confirma la existencia de un infarto agudo masivo de miocardio.

-Abdomen: No se aprecian alteraciones en la pared abdominal ni en la cavidad peritoneal, ni en los órganos digestivos. Hígado y vías biliares tienen aspecto normal. Resto de órganos abdominales normales. Al abrir el estómago se encuentra en su interior una cantidad importante de contenido líquido, que se extrae para su análisis.

En el análisis del contenido gástrico se encuentran, aparte de los componentes habituales, dos sustancias que hay que destacar:

Muscarina en baja concentración, sin que haya llegado al intestino, por lo que es más que dudosa su presencia en la sangre. Por lo tanto, es improbable que haya generado ningún efecto en otras estructuras corporales.

Cafeína, en concentración elevada, muy superior a la correspondiente a uno o dos cafés.

-Extremidades: No se observan lesiones de ningún tipo, más allá de algunas contusiones en las manos.

-Analítica sanguínea: Se observa una elevada concentración de cafeína, superior a 80 mcg/ml, compatible, de acuerdo con diversos

estudios nacionales e internacionales, con la aparición de lesiones cardíacas responsables de la muerte súbita por infarto masivo de miocardio, especialmente en un miocardio con lesiones previas.

Se observan signos de dislipemia, con concentraciones muy elevadas de colesterol LDL y VLDL y de triglicéridos, concordantes con las abundantes estenosis arterioscleróticas encontradas en las arterias coronarias.

4) Discusión

-La causa de la muerte se puede atribuir al infarto masivo de miocardio. Como aspectos a considerar deberían tenerse en cuenta:

-La elevada concentración de cafeína que podría llegar a ser letal.

-Este hecho tiene mayor relevancia al sumarse a la delicada situación de las arterias coronarias.

-La presencia de muscarina en el contenido gástrico, sin encontrarse en la sangre, indica una ingesta reciente (menos de treinta minutos), por lo que su efecto sobre el conjunto del organismo sería insignificante. Si hubiera transcurrido más tiempo hasta el exitus, se hubieran podido percibir signos de intoxicación muscarínica.

-Las contusiones que presenta el cadáver no tienen relevancia alguna como causantes del deceso.

5) Conclusiones médico-legales

-Se trata de una muerte natural, no atribuible a causas violentas.

-Causa inmediata de la muerte: Hemorragia aguda por rotura cardiaca debida a un infarto masivo de miocardio.

-Causa fundamental de la muerte: Intoxicación por cafeína.

-Mecanismo de relación entre ambas: Las concentraciones elevadas de cafeína provocan una sobrecarga cardiaca. Al existir una lesión

preexistente como es el estrechamiento importante de la circulación coronaria del finado, la sobrecarga causada por el estímulo de la cafeína a elevadas dosis ha provocado la lesión cardiaca que ha ocasionado el óbito.

En el contenido gástrico se ha encontrado la presencia de muscarina, pero no se ha llegado a encontrar en sangre, por lo que puede descartarse su intervención en la lesión causante de la muerte.

Nicolás Eguren Plan
Médico forense
Instituto de Medicina Legal de Augusta

El comisario telefonea a la delegada del Gobierno:

—Buenos días, delegada.

—Buenos días, Manuel. ¿Cómo van esos asuntos que tenemos entre manos?

—Hay asuntos diversos en diferentes fases de resolución, pero le llamo por el que se interesó ayer, el del profesor muerto en el instituto.

—Ah, sí. No se puede imaginar lo pesado que se puso el Consejero de Educación. No sé si es que comparten algunas inquietudes o tendencias pedagógicas o yo qué sé, pero estaba muy empeñado en encontrar al responsable de la barbaridad de la lapidación. Parecía que le afectaba de cerca.

—Verá, delegada, con los resultados preliminares de la autopsia, que me parece que no van a diferir mucho de los definitivos, lo de la lapidación podríamos decir que es una especie de MacGuffin de una historia de rencillas y enfrentamientos entre docentes con distintas visiones de la profesionalidad y del objetivo verdadero de la educación.

—¿Qué me dice, comisario? Con lo que ha soltado la prensa…

—Lo que está oyendo, delegada. El periodista en cuestión creo que, además de sus pocos escrúpulos y su nula profesionalidad, está conchabado con algún profesor del instituto. Uno de los de la cuerda del difunto. Que me parece tan poco sobrado de escrúpulos como de inteligencia. Vamos, que es capaz de afirmar con rotundidad algo que le parece haber visto. Y con eso generar un incendio que, por fortuna, no se nos ha ido todavía de las manos.

—Pero, ¿qué me está contando?

—Lo que tiene que saber, delegada. Ya verá como el incendio se apagará solo en cuanto cerremos el caso con el juzgado, cosa que espero que ocurra hoy.

—Muchas gracias, Manuel, por su puntual y atinada información. Hablaré con el Consejero de Educación para que refrene su turbación, tranquilice a los inquietos que tenga cerca y colabore en la extinción del incendio.

La inspectora Arbués se dirige a casa de la viuda de Fernández, una vez conocidos los resultados de la autopsia, para ver si pueden aclarar algunos detalles que faltan por esclarecer.

En la radio del coche suena la canción *Los idiotas*, del grupo Calle 13:

> *Algunos nacen idiotas.*
> *Otros aprenden a hacerlo.*
> *Otros se hacen los idiotas*
> *y tratan de convencernos.*
> *Puedes pensar lo que quieras,*

hoy no te salva la aritmética.
Todo el mundo tiene
un porcentaje de idiotez
en su genética (…).

Cuando llega, la viuda le invita a pasar al salón y a tomar asiento en el sofá pegado a la *chaise longue*.

—Usted dirá, inspectora. ¿Ya han pillado a los asesinos?

—Como puede imaginar, es una investigación delicada y compleja. Algunas cosas no son lo que parecían. Y por ello, para cuadrar lo mejor posible todo lo ocurrido, tengo que preguntarle algunas cosas sobre su esposo.

—Si puedo contribuir en algo, estoy a su disposición.

—Le aseguro que todo lo que le diga y le pregunte es relevante para esclarecer los hechos, aunque tal vez no se lo parezca. ¿Su marido tenía algún problema de salud preexistente?

—No, estaba sano, era muy deportista.

—¿Se hacía con alguna frecuencia análisis de sangre?

—Sí, se los hacía en el reconocimiento médico de la empresa. Pero como eso no sirve para nada… Le dijeron que le salía alto el colesterol y esas cosas. Pero él decía que con todo el deporte que hacía, eso se quemaba.

—¿Era aficionado a tomar algún tipo de sustancia estimulante o de otro tipo?

—El café. Lo tomaba muy a menudo para aclarar la cabeza. En los últimos tiempos, con Benito, descubrió las bebidas energéticas. Como sabrá, tienen mucha cafeína. Y decía que le ayudaban a pensar. Las tomaba, sobre todo, cuando tenía que rellenar esos formularios terribles de su directora. Ya le dije que la última noche —los ojos se le arrasan de lágrimas— se tomó todas las latas que había en casa.

—¿Sabe cuántas latas eran?

—No, no con seguridad, pero una media docena sí que habría.

—A la vez que estas bebidas, ¿también tomó cafés?

—El rato que estuve con él sí que tomó alguno. Después me acosté y ya no sé.

—Verá, los forenses han encontrado unas concentraciones muy altas de cafeína en la sangre de su esposo. Tal vez esta sustancia esté en relación directa con la causa de su defunción.

—Mire, si ha venido a aumentar mi dolor, será mejor que se vaya. Y que vayan haciendo confesar al asesino ese que tienen detenido qué es lo que hizo para matar a mi marido.

—Lamento todo lo ocurrido, pero le ruego que guarde la calma. El esclarecimiento del caso está muy cerca. Tranquilizar a todo su entorno es una labor muy necesaria para que las cosas, dentro de la tragedia que se ha producido, estén lo más serenas posible. Si nos necesita, estamos a su disposición. Procure descansar.

—Gracias por sus deseos, pero sé muy bien lo que yo necesito. Ya me informarán de lo que corresponda.

Minerva se marcha. Piensa en la tristeza de la mujer, en la situación que le queda por delante, en sus hijos, pero también lo hace en el mal que los que se llaman profesionales, de la información o de lo que sea, pueden generar cuando retuercen la realidad y más si lo hacen con mala intención. Y piensa en los profesionales docentes, entre los que se está generando una dinámica perversa de permisividad y enfrentamientos. Tal vez todo ello fomentado por los propios responsables del sistema. Se dirige a la Jefatura de Policía, intentando evitar los malos pensamientos.

14

Finaliza Arbués

En el despacho del comisario —el cartel de la puerta indica: «Manuel Bueno Sémper, comisario jefe»—, se reúnen Pepa y Minerva con él para tomar las decisiones oportunas. Es una dependencia muy amplia, acristalada, con una enorme mesa muy ordenada, con algunos documentos por encima, un ordenador de sobremesa, un teléfono fijo y varias fotos, quizás familiares.

—¿Qué me contáis, chicas?

—Más o menos ya sabes —explica Minerva—. Comenzamos con la supuesta lapidación, que solo se creyó el periodista. Y el listillo que le informaba. Pero es que tenía todo una pinta tan cutre… Y resulta que lo hizo Barluenga porque se puso nervioso, pues lo tenía preparado para otro evento. Eso sí, relacionado también con los líos que tenía con el muerto.

—El que tenemos detenido, el tal Barluenga —continúa Pepa— es un imbécil arrogante, pero por lo menos tiene agallas. Se ha defendido bien, aunque lo teníamos bastante pillado. Y con algún farol, hemos ganado la partida. Este tipejo, apasionado y buen conocedor de las setas, se dedica a probar sus efectos, incluidos los tóxicos si no son muy potentes. Iba preparando frasquitos con concentraciones diferentes del tóxico, muscarina en este caso. Y así podía ir probando los efectos. Y me apuesto lo que queráis a que lo utilizaba como «viagra» casera. Que es imbécil y arrogante, pero también es un roñoso, que se le nota en todo su ser. Con todo eso, pensó intoxicar a Fernández para reírse de él, cosa que no pudo conseguir. Le faltó tiempo, pero estaba bien encaminado.

—Esa es la clave —continúa Minerva—. Al principio de la investigación nos pareció que algo podía haber de autointoxicación. Incluso llegué a pensar en un suicidio, pero lo deseché. Cuando la viuda y Cabezudo nos contaron cómo se bebía las bebidas energéticas sin talento y además café y cualquier estimulante que se le pusiera por delante y en las grabaciones se veía cómo iba a comprar más cuando se había bebido seis u ocho durante la noche, busqué documentación al respecto y hay casos descritos de muerte súbita por exceso de cafeína. Ya teníamos una hipótesis más plausible.

—El resto ha sido mucho ruido —continúa Pepa— el del periodista, el de los seguidores del iluminado que, dicho sea de paso, era más corto que las mangas de un chaleco. Las historias de la madre de la ESO, del alumno, la huida de Barluenga, los vídeos de las redes, todo eso nos llevaba a confundir las cosas, introduciendo otros factores distractores.

—Nos resultaron de mucha utilidad —sigue Minerva— las entrevistas con las profesoras que estaban presentes cuando Fernández se fue al baño, que nos dieron buenas pistas y las grabaciones de las cámaras, que nos vinieron muy bien. Por cierto, muchas gracias, Manolo, por implicarte en esas tareas poco agradables, como de meritorio, de ver grabaciones, así como por acompañarme al registro domiciliario. En fin, que ha sido un trabajo compartido.

—Ya habéis visto, chicas —vuelve el comisario a intervenir— que ha sido una demostración de lo importante que es trabajar en equipo. Habéis, o hemos, tenido plena confianza en los otros. Cada cual se ha encargado de lo que se le da mejor, nos hemos coordinado a las mil maravillas y estamos resolviendo un caso que tenía sus complicaciones de todo tipo —ya hemos visto cómo van los políticos— en un tiempo récord. Me siento muy orgulloso de contar en mi equipo con vosotras. Muchas gracias por vuestro trabajo y por vuestra confianza. Caso cerrado.

—Manolo, este equipo y esta forma de trabajar no sería posible sin tu forma de organizar y dirigirnos. Es un placer trabajar contigo —termina Minerva—. A todo esto, ¿quién va a contarle las cosas a su señoría? Porque imagino que tocará sobreseer el caso. Me temo que no podemos acusar a nadie de envenenar o tirar piedras a un muerto.

—Como lo tienes muy claro y has llevado muy bien el tema, te toca hacerlo a ti, inspectora Arbués. Para que no te chupes todos los marrones, yo llamo a la viuda para contarle en qué ha resultado todo este lío.

—Gracias, Manolo.

Minerva monta en su coche, con el que ha recorrido calles y carreteras durante años, y se dirige al juzgado. Cuando termine, recogerá a Pepa para ir al instituto a explicarle la resolución del caso a la directora. Se detiene en los centenares de semáforos que hay en Augusta. Si no encuentra aparcamiento cerca de la ciudad de la justicia, tendrá que pagar el *parking* y eso no le parece bien. ¡No es justo tener que pagar por hacer tu trabajo! Su mente salta a otra cosa: ¡Cómo está la educación! ¡Menos mal que lo dejé hace tiempo! Porque con gestores así, esto se hunde. Suena en la radio *Hero*, de Mariah Carey:

And you cast your fears aside,
and you know you can survive.
So when you feel like hope is gone
look inside you and be strong
and you'll finally see the truth,
that a hero lies in you

Un coche deja un hueco libre enfrente del Palacio de Justicia cuando llega Minerva. Aparca y se dirige al despacho de la juez Alcázar. La recibe la secretaria del juzgado. Su señoría está llegando, que ha tenido que resolver una gestión urgente, le dice. Aguarda en una pequeña, fría e impersonal sala de espera. Unos minutos después ve llegar a la juez muy sonriente. Parece que la gestión se ha debido resolver bien —piensa.

—¡Qué sorpresa, inspectora! Tiene algo que contarme, imagino.

—Por supuesto, señoría, así es.

—Pase a mi despacho y cuénteme.

Minerva le explica de forma detallada todas las actuaciones realizadas y los resultados obtenidos, evitando dar a la juez conclusiones rotundas y así que sea ella quien llegue a enunciarlas.

—Es decir, por lo que me cuenta —concluye la juez—, deberíamos sobreseer el caso. Nos encontramos ante una autointoxicación involuntaria que ha inducido la muerte, a pesar de que el tipo cuya casa registraron hizo lo posible por cargárselo. Pero llegó tarde.

—Parece ser, señoría, que no se lo hubiera cargado con la dosis que le administró, además de tratarse de un tóxico que es mortal en casos excepcionales, pero ganas no le faltaban.

—Le diré que me alegro de que no lo matara, pues es muy desagradable juzgar a un conocido y el tal Barluenga es mi ruidoso vecino de arriba.

—Señoría, espero que este paso por el calabozo le haya hecho reflexionar a su vecino sobre la importancia de actuar de forma discreta y silenciosa. Si no ordena otra cosa, lo soltaremos inmediatamente.

—Sí, claro, no podemos retenerlo al no haber caso. Procedo al archivo de las diligencias.

El Eco de Augusta vuelve a publicar una nueva noticia:

EL CASO DEL PROFESOR ASESINADO VA A CERRARSE EN FALSO

Fuentes dignas de todo crédito han asegurado a esta publicación que la directora del centro, de acuerdo con las autoridades policiales y algunas educativas, quieren dar carpetazo al caso.

Todos sabemos que la verdad es muy incómoda en ocasiones. Pero desde la defensa del derecho a la libertad de información, además de denunciar el maltrato a la profesión, del que se informó en un comunicado anterior, queremos defender el derecho a la verdad y el derecho a que los asesinos sean castigados de acuerdo con las leyes. Este medio ha tenido acceso a una información relativa a la puesta en libertad sin cargos del detenido acusado de asesinato en el día de ayer. Ese trato de favor solo puede sembrar la alarma en la población. Confiemos en que la presión periodística consiga frenar este tipo de desmanes que ponen en peligro nuestra seguridad y nuestro sistema democrático. (…)

Dimas Quero Sobaberas
El Eco de Augusta

Las dos policías se dirigen al IES Emilio del Río Rabanedo. Al llegar a la puerta, sin llamar, les abre Marisa, la conserje, que las ha visto aproximarse.

—Buenos días, inspectora y subinspectora, ¿Qué tal va el trabajo?

—Bien —responde Minerva—, espero que tardemos en venir otra vez por aquí. Al menos por un motivo como el actual.

—Ojalá, pero hay unos cuantos por estos pagos que andan un poco revueltos, parece. Ya les contará la directora, supongo.

—Muchas gracias por su colaboración. ¿Puede avisar a la directora?

—Por supuesto.

Llegan al despacho de Dirección y allí se encuentran la directora, la jefa de estudios y el secretario, que mantenían una reunión.

—Pasen y tomen asiento —las invita Guerrero—. Estábamos en una reunión informal. ¿Pueden quedarse mis compañeros a escuchar lo que nos vayan a decir?

—Sí, no tenemos ningún problema —responde Arbués.

Sin pormenorizar en exceso, con mesura policial, cuentan los hechos acaecidos, en especial los resultados de la autopsia que permitirán cerrar el caso.

—O sea —interviene el secretario—, que el que es idiota lo es hasta matarse a sí mismo y sin querer…

—Calla, Cefe, no seas bestia —lo corta la directora.

—Si es verdad, o ¿es que no he entendido nada? Barluenga no lo mató, ¿no?

—Cierto —responde Setefilla—. Sus intenciones no eran muy buenas, pero no llegó a tanto.

—¿Y el montaje de la lapidación? —pregunta Constanza, la jefa de estudios.

—La verdad, era una situación muy aparatosa pero muy chapucera —les explica Arbués—. Es imposible lapidar a alguien en un sitio tan pequeño sin que hubiese ocurrido algo previo a la víctima. Nadie se deja apedrear por las buenas. Sería necesaria una multitud y no cabría en ese espacio. Pero algunos cayeron en la trampa.

—Sí, sí, el listo de Arturo Artero —interviene la directora—, que le fue con el cuento a su amigo periodista. Y sigue convencido de que así fue. Que él lo vio todo, dice.

—Está claro que no hay que fiarse de las apariencias y dejar que cada profesional trabaje en lo suyo. Por cierto, del comité de bienvenida que me ha contado esta mañana, ¿hay alguna novedad? —pregunta la inspectora.

—No, no creo que haya ningún problema —responde la directora—. Si no estuviera cogido el título, a esta cuadrilla se les podría denominar «la conjura de los necios», porque lo son con avaricia. Tengo que mirar algún título que tenga que ver con la vagancia, que eso también les va. Si ya tenemos la información precisa, convocaremos reuniones de los órganos correspondientes, claustro y consejo escolar, y explicaremos lo sucedido de la forma más aséptica posible. Sin necesidad de que nadie presione.

—¿Tenían constancia de que Fernández tuviese problemas cardíacos y de que consumiera tanta cantidad de cafeína?

—No, iba de sano y deportista —responde la jefa de estudios—. Lo de la cafeína, a veces lo nombraba, igual que hacía Cabezudo, cuando querían alardear de alguna «machada», como quedarse la noche sin dormir. Y en este caso, para lo que iba a presentar como supuesto proyecto de innovación. A propósito, ¿lo quieren ver ustedes? Yo creo que vale la pena para que les quede claro el nivel de escaqueo y de incompetencia que pretendía alcanzar el tío.

—Si lo tiene a mano… —responde Arbués.

Constanza Acero saca rápidamente una hoja impresa, que muestra a las visitantes:

PROPUESTA DE PROYECTO DE INNOVACIÓN
IES Emilio del Río Rabanedo

1) Identificación del proyecto
a) *Título: Biodanza y baños de bosque en Geografía e Historia.*
b) *Persona responsable de la coordinación: Prof. Guillermo Fernández Rufián.*
c) *Profesorado participante: Benito Cabezudo, Arancha Poyatos, Diógenes Tirado, Arturo Artero.*
d) *Grupos y materias con los que se va a trabajar: Geografía e Historia de todos los cursos.*
e) *Características especiales del alumnado, si proceden, como número de alumnos participantes, criterios de selección, etc.: No hay. Es una actividad totalmente inclusiva.*
f) *Necesidades de recursos: Ninguno. La asistencia de l@s profesor@s participantes.*
    - *Humanos*
    - *Económicos*
    - *Materiales*

g)   *Otros centros o entidades implicados*

2) Contenido del proyecto

a)   *Objetivos del proyecto: Aumentar la felicidad.*

b)   *Resultados que se esperan alcanzar: Ser más felices.*

c)   *Actividades a realizar, identificando recursos necesarios, temporalización aproximada y responsables: Durante tres horas de clase semanales con cada grupo, salir al parque a hacer biodanza. Y otras tres para hacer baños de bosque. Todas ellas con todos los profesores participantes en los meses de noviembre y diciembre.*

d)   *Evaluación del proyecto*

I. *Metodología de medición de resultados obtenidos: El profesor, con su propio criterio, valora la mejora de la felicidad en el alumnado de forma individual y la mejora de la felicidad grupal.*

II. *Indicadores de logro*

* *De realización*
* *De impacto*
* *De resultados*

Firmado:

Guillermo Fernández Rufián

—Como pueden ver —continúa Constanza— lo que pedimos es una información muy básica. Pues este individuo era incapaz de explicar lo que pretendía hacer. No indica en qué consiste eso de la «biodanza» o los «baños de bosque», que son ocurrencias copiadas de *influencers* o similares. También es curioso que vaya a hacer más horas de actividades de las que tiene de clase cada semana. Y plantea llevarse a toda su camarilla. ¿Qué haremos mientras tanto con el alumnado que se queda sin profesor si se van los acompañantes? ¿O se llevarán a todos los alumnos? Entonces no sé si habrá en el parque árboles suficientes para abrazar, disculpen el sarcasmo. Y como verán, la evaluación es, digamos, *sui generis*. Valorar la mejora de la felicidad. ¿Cómo? ¡Hace falta ser cretino y cara dura!

—Tranquilícese. Yo creo que lo más acertado en el contexto de tensión que se percibe es la serenidad y dar información contrastada. A ver cómo reaccionan también los políticos. Y el periodista, que no se quedará muy contento quedando como lo que es… —finaliza Arbués.

Epílogo

En el instituto, la comunidad educativa recuperó la tranquilidad. Para los directivos supuso una epifanía. Desde entonces, cambiaron sus prioridades personales y profesionales y siguieron trayectorias divergentes.

La directora, Dalila, cambió de instituto en cuanto pudo y fue mucho más feliz, sin sufrir graves contratiempos, salvo algún encontronazo con alguna profesora ultrarreligiosa, a quien Dios confunda.

La jefa de estudios, Constanza, continuó trabajando en el mismo instituto, el suyo de toda la vida, tras abandonar las responsabilidades directivas. Se dedicó a preparar con ahínco sus clases, mantuvo buenas relaciones con el alumnado y con sus compañeros sin descartar volver a ejercer alguna responsabilidad una vez olvidada la fatídica etapa que le había tocado en suerte.

El secretario, Cefe, se jubiló inmediatamente, con sentimientos encontrados sobre su salida del centro, pero continuó su vida feliz dedicándose a jugar al pádel a diario y a comprar cachivaches que solo él sabe para qué sirven.

Barluenga, al salir de la jefatura de policía, tuvo conocimiento de quién era la juez que había autorizado el registro de su casa. La primera vez que se cruzó con ella en el patio de entrada, tras su paso por el calabozo, y la mirada que intercambiaron, le impulsó, de forma irresistible, a cambiar su domicilio a una casa unifamiliar en las afueras de la ciudad. No volvió a organizar salidas con los alumnos y sus experimentos los desarrolló en la más estricta intimidad.

En cuanto a la camarilla de compinches que seguía a Guillermo Fernández Rufián, se disolvió como por arte de magia. Desaparecieron los roces con el resto del profesorado. La convivencia mejoró, o bien dejaron de verse manifestaciones de hostilidad. Este cambio ocurrió de forma imperceptible pero continua. En este caso se cumplió aquello de «muerto el perro, se acabó la rabia». Siguieron planteando actuaciones «innovadoras», unas más acertadas que otras, pero con un planteamiento más realista y sensato.

El periodista Dimas Quero Sobaberas, tras conocer los resultados de las pruebas practicadas al cadáver, tuvo que aceptar que la investigación y sus resultados se ajustaban a la realidad y eso estropeaba sus crónicas. Dejó la publicación de provincias, pero su contumacia en mantener versiones inexactas, o abiertamente falsas, de los hechos lo llevó a entrar en contacto con algunos medios nacionales. Se dejó crecer unas enormes patillas y fichó por *OK Semanal*.

La Administración educativa continuó haciendo gala de todos sus defectos. Siguió con su pésima gestión en todos los órdenes, incapaz de valorar la importancia de cuidar a sus profesionales, de invertir tiempo y recursos en hacer una adecuada selección y formación de personal. Continuó sin penalizar los cada vez más habituales casos de abusos por parte de algunos docentes y no docentes que se extralimitaban con las ventajas y oportunidades que les brindaban sus condiciones de trabajo sin control alguno y desautorizando a quienes debían ejercer esas funciones. Los rectores del aparato continuaron con sus estrategias que parecían dirigidas a la liquidación del sistema educativo desde una política basada en la falta de contacto con la realidad y una actividad frenética para ocupar titulares en los medios de comunicación. Continuaron planteando nuevas funciones burocráticas inútiles a los docentes, actividades cada vez más complejas y retos arriesgados sin contar con los recursos necesarios para ello. Actuaron decididamente para que los jóvenes alcanzasen sus metas profesionales y desempeñaran las ocupaciones anheladas como eran las de *influencer, instagramer, tik-toker* o concursante de *reality show*, para lo que era imprescindible potenciar la ignorancia de lo más fundamental y el analfabetismo, eso sí, en varias lenguas.

Siguieron socavando la autoridad y el prestigio de los docentes que trabajaban con rigor y seriedad; potenciando equipos directivos sin ningún compromiso con su misión de contribuir a desarrollar una ciudadanía formada y dispuesta a asumir su rol en la sociedad; reforzaron a los vendedores de humo, quienes, con bonitas palabras y derroche del tiempo dedicado a la enseñanza, influían en las políticas educativas sin la más mínima visión estratégica y sin planificación más allá de la retórica hueca y los deseos inalcanzables.

La Inspección educativa se reformuló, aprovechando la inercia, para que sus titulares realizaran ditirambos burocráticos con mínimas repercusiones reales en la actividad de los centros. Todo ello a pesar de las ganas de cambio de algunos profesionales más jóvenes, idealistas, que pretendían variar el rumbo y desempeñar funciones que mejoraran realmente la realidad educativa.

Augusta continuó siendo una ciudad tranquila, plácida, que no daba grandes titulares periodísticos y veía pasar los días, las semanas, los años, sin asumir la compleja realidad que imperaba en el mundo. Como siempre había ocurrido en las ciudades de provincias que aspiraban a seguir siéndolo.

Índice